恋と主と花嫁修業

Yuu Hizaki
火崎勇

CHARADE BUNKO

Illustration

北沢きょう

CONTENTS

大きなお屋敷を見上げながら、俺は小さくため息をついた。

再びここへ戻ってくることになろうとは、と。

「おかえりなさいませ、広江様《ひろえ》」

屋敷の中へ一歩足を踏み入れると、和服の女性、絹《きぬ》さんがうやうやしく頭を下げる。

……いらっしゃいと言われたかったたな。

「巴様《ともえ》がお部屋でお待ちでございます」

巴様、というのはこの屋敷の主、いや、政治家から企業家まで、全ての繋《つな》がりを維持し、更にこの山の上から見下ろせる土地に暮らす一族の長《おさ》である、本條一族の若き主だ。

そして言いたくはないが、俺の夫でもある。

「ご親戚の皆様が既にお集まりでございますが……」

「俺、挨拶するんですか？」

「いいえ、お姿を見られぬよう、直接お部屋へとのことでした」

よかった。

俺は手にしたバッグを持って、玄関から上がると、黒光りする板張りの廊下を進み、櫓状《やぐら》になっている中心部へ向かった。

回り階段を上がってたどり着いたのは最上階。

城なら天守閣《てんしゆかく》と呼ばれるような場所だ。

「巴さん？」

廊下から襖《ふすま》の向こうに声をかけると、柔らかな男性の声が返ってきた。

「入りなさい」

許可を得たので襖を開けると、丁度立ち上がった和服の男性がこちらに近づいてきた。

少し長めのサラサラヘア、育ちの良さが滲《にじ》み出ている穏やかで整った顔立ち。

この人が、本條巴さんだ。

「群真《ぐんま》くん」

両手を広げ、彼は俺を抱き締めた。

ふわりといい香りが漂う。

彼の着物に薫《た》き込められたお香だろう。

「会いたかったよ。よく来てくれたね」

「先月東京《とうきよう》で会ったじゃないですか」

「毎日でも会いたいんだから、やっぱり『会いたかった』で間違いないさ。キス、してもいいかい？」

「う……」

「嫌？」

「いえ……、軽くなら」

「それじゃ、軽く」

イケメンの顔が目前に迫り、軽く唇《くちびる》が押し当てられる。

「ん。今はこれだけにしておこう。これから怖いオジサン達と会わなきゃならないからね。エネルギー補給だ」

「行く……んですか？」

問いかけると、彼は申し訳なさそうな顔をした。

「年末最後の行事だからね。顔出して挨拶してこないと。それが終わったら、明日の朝までは自由だ。夕飯はここに運ばせるから一緒に摂ろう」

「はい……」

「一緒に宴席に来る？」

「俺なんか、『條』の名前もない外様《とざま》なのに、おかしいですよ」

「俺の妻だと言えば並べるよ」

彼の言葉に顔が引きつる。

「……それは」

「嘘、嘘。戻ったら、話したいことがあるから、寝てても起こすからね」

「寝ませんよ」

「いや、寝てていいよ。今夜は寝かせないつもりだから」

そんなに爽《さわ》やかに言われても。

「パソコンだけは弄《いじ》らないようにね」

「わかってます」

「それじゃ、ゆっくりして……、ああ、絹さん」

ギクっとして振り向くと、玄関で迎えてくれた女性が丁度階段を上がってきたところだった。

キス、見られてないよな。

「もう行かれますか？」

巴さんは俺をすいっと横へ退けた。

並んで立っていたのは、密着していたのは、俺をどけるためだったというように。

「ああ。お茶？」

「はい。広江様に」

「夕飯は彼と摂るから、用意しておいてくれ。遅くなるだろうから、彼には先に何か軽いものを」

「かしこまりました」

「じゃ、群真くん。また後で」

凛々しい顔になって、彼はそのまま階段から下りて行った。

「広江様も大変ですわねぇ。お友達とのお約束もおありでしたでしょうに」

「いえ。母からよく言い付かってますから」

「広江様が女性でしたら、本当の奥様としてご列席できましたのに」

「俺は本條とは遠いところで育ちましたから。ここで過ごす方がいいです」

「明日は身内だけで少し儀式がございますが、後ほど巴様からお話がありますでしょう。お腹の方は？」

「電車の中でお弁当を食べましたから、まだ」

「お腹が空かれましたら、いつでもおっしゃってくださいね」

「はい」

絹さんは、持ってきたお茶とお菓子のセットをきちんとテーブルの上に並べると、すぐに立ち去った。

今夜は大晦日《おおみそか》。

本條の家の大差配である彼女も忙しいのだろう。

俺はテーブルの前に座り、自分でお茶を淹《い》れた。

暖房が効《き》いているので、コートを脱ぎ、座椅子に身体をもたせかけながら、熱いお茶を啜《すす》る。

傍らには可愛らしい豆火鉢があり、鉄瓶がシュンシュンと音を立てていた。

「現実離れしてるよなぁ……」

修復された場所だけが妙に新しい、凝った造りの部屋を眺めて思いを巡らせた。

あの、スペクタクルな試練から、まだ半年も経ってないんだなぁ、と……。


俺、広江群真は東京に暮らす、極めて普通の大学生だった。

容姿は、男としてはあまり嬉しくない、可愛いという言葉を時々もらう程度には悪くないが、取り立てて何ができるとか、才能があるというわけではない。

サラリーマンの父親と、専業主婦の母親と、三人で郊外の一軒家で暮らしていた。

だが今年の夏、突然母親の実家の本家である本條の家から呼び出しがあった。

本條の縁に繋がる未婚の子供達を集めて、何かの儀式を行う、ということで。

何でそんな旧家のシキタリのために、大学生最後の夏休みを棒に振らなければならないのか、とは思ったが、本家からマイホーム資金を借りていた上、父親の会社もたどってゆくと本條の傘下ということで、逆らうことはできなかった。

本條の家は、マンガみたいな金持ちで、村一つが全部本條の持ち物、いや、村なんてものよりもっと広い土地を治めていた。

よくイギリスの貴族が、鉄砲を撃っても弾丸は自分の土地に落ちる、なんていうが、あんな感じだ。

本家である本條の家は、山頂が二つある小高い山の片方に、張り付くように楼閣みたいに立派な屋敷を構えていた。

つまり、ここだ。

そしてその山の上から順に、上條《かみじょう》、中條《なかじょう》、下條《しもじょう》と分家が連なる。

俺の母親は本條一族でもずーっと端っこの方の血縁だったので、別に金持ちでも何でもなかったけれど、本家の金持ちさはケタ違いだ。

詳しくはわからないけれど、元大名で、明治維新でも政治家と繫がりを持って土地を手放さずに済んだ。そのお陰で、近代でも裕福さを失わず、その金を元手に起業して成功し、政治家を中央に送り込み……。

まあとにかく、権力と金を維持しながら今日まで続いている。

そんな本條の家には、言い伝えがあった。

今から遥か昔、この山のもう一つの頂《いただき》にあった森に住み着いた猿《さる》。

猿は狡猾《こうかつ》で凶暴で、農作物を荒らすだけでなく、人を襲った。

討伐にも失敗し、もうどうにもならなくなった時、当主の妻が飼っていた『黒砂《いさご》』という猫が奥方に、共に主のために力を合わせて猿を倒しましょうと申し出た。

だが、猿は強く、猫は力及ばず相打ち。

猿と自分を掛け軸の絵に封じて、次の世代に戦いを託した。

猿と猫と、それぞれが封じられた掛け軸は、力のある者にしかその姿は見えず。猫は『主を想う』という気持ちで結ばれる相手を待った。

つまり、当主の奥方を、だ。

何度か猫と同調する奥方は現れたが、猿を完全に倒すことができないまま今日に至っていた。

で、本條の未婚の縁者を集めて行われたのが、その掛け軸を見る、という儀式だった。

事実を知っているのは、本家の一部。

俺みたいな外様は何が何やらわからぬまま集められた座敷に行き……、見てしまった。

資格がない者には見えないはずの、猿と猫の掛け軸の絵を。

ちなみに、何で奥方候補を探すのに男まで呼ばれたかというと、お小姓の男性が資格を得たという事例があったからだそうだ。

で、絵が見えてしまった俺は、巴さんの奥方として彼に引き合わされた。

巴さんとしては、まさか男が選ばれるとは思っていなかったようで、事情を説明し、形だけでもいいと言ってくれた。

ただ、儀式として床入りはしなくちゃならないと言われ、お互い不本意ながら触りっこでお茶を濁すことにしたのだが、初体験だった俺は、恥ずかしながら昇天してしまった。

この時まで、俺は言い伝えなんて信じていなかった。

親の手前と旧家の雰囲気、いい人だった巴さんが真剣だったから。流されてそこまでしてしまっただけだった。

けれど、昇天した俺は、夢の中で件《くだん》の猫、『黒砂』と会ってしまった。

夢物語は、その瞬間、現実となったのだ。

疑うことはできなかった。単なる夢じゃん、と笑うこともできなかった。

何故《なぜ》って、目覚めると俺の身体には異変が……。

何と、猫耳と尻尾が生えていたのだ。

他の人に知られるわけにもいかず、親を先に帰して始まった巴さんとの『夫婦』生活。

といっても、ただここで一緒に過ごすだけなんだけど。そういうことになってしまった。

一緒に過ごすようになると、巴さんがどれだけ真面目に仕事をして、当主としての重責を背負いながら、人を思い遣ることのできる素晴らしい人なのかがわかった。

猿の狙《ねら》いが、以前彼等の一族を倒した『本條の当主』であることを受け入れ、もしも負けた時には死ななくてはならない。いや、自分が死ぬだけで終わって欲しいと思っていることも知った。

どんな気分だろう？

ご両親は既に亡くなり、頼る人もないまま、金と権力があったとしても、生まれた時から嘘か本当かわからない『戦い』と『死』を見つめて生きるって。

しかも戦うのは自分ではなく、頼りになるんだかならないんだかわからない猫の幽霊と未来の嫁。

それでも、彼は運命を受け入れていた。

クヨクヨしたりもせず真っすぐ前を向いていた。

俺は男で、巴さんも男だけれど、彼のことが好きになって、心から彼を助けたい、彼に自由をあげたいと思うようになってしまった。

そして……。

その時はやってきた。

掛け軸から出てきた猿と猫の黒砂の戦いだ。

夢ではなく、現実で、戦いは行われた。

結果は、黒砂の勝利。

戦いで傷ついた黒砂は、そのまま消えてゆこうとした。

けれど、俺はそれを引き留めた。

だってそうだろう?

自分のためでなく、愛する主人のために、百年以上もたった一人……、いや、一匹で生きてきたのだ。

俺は黒砂を抱き締めてやりたかった。

のんびりとした、猫らしい生活をさせてやりたかった。

愛してやりたかったのだ。

だから、黒砂は今、掛け軸の中で傷を癒やしている。

いつか、できれば俺が生きている間にもう一度会えるように祈っている。

で、俺と巴さんはというと、苦難を共に乗り越えてる間に、本当の恋人になってしまった。

黒砂が去って、猫耳と尻尾が消えると、俺にはまだ大学が残っているので、夏休みの終わりと共に東京へ戻った。

巴さんは本條の当主として忙しく、この地を離れることができなかったので、彼が仕事で東京に来た時だけ会う遠距離恋愛だけれど、あの日からずっと付き合いは続いている。

そんな時、本條の当主である巴さんからの命令がきた。

お願いじゃない、命令だ。

当主の妻として、正月をここで過ごすように、というのだ。

電話で説明されたところによると、敷地内にある黒砂を祭った猫神社に、当主夫婦が揃《そろ》って詣《もう》でるという儀式があるらしい。

便宜《べんぎ》上でも、夫婦は夫婦。

俺を妻として迎えた結果、猿との戦いに勝ったのなら、他の儀式にも俺を妻として参列させるべきだ、というのが本家の総意になったらしい。

俺が巴さんの本当の相手だということは公表しなくても、形式として俺を巴さんの妻として扱おうと決めたらしい。

ただ、公式の席に『男』が『妻』として現れるのは、本條の家として外聞が悪いだろうと、ありがたいことにそこはしなくていいことになってるが。

まあ、今回のことは、好きな人と一緒に年越しできる、というのは幸せだと思うことにしよう。

事実恋人、形式夫婦。

事実を知ってる人は誰もおらず、形式は本家の偉い人達が認めている。

微妙で複雑な関係。

でも俺と巴さんは恋人というのが揺るぎのない事実だった。

「待たせたね。明けましておめでとう」

深夜、年が明けた二時近くになって、巴さんはようやく部屋へ戻ってきた。

「明けましておめでとうございます」

下で着替えたのだろう、紋付《もんつ》き袴《はかま》の姿になっていたが正装がよく似合ってる。

「ああ、よく似合ってる」

そして一時間ほど前に、俺も絹さんに手伝ってもらって、紋付きの白い女物の着物に着替えていた。

もっとも、巴さんの姿に比べると、まるで幽霊の装束みたいだけど。

「女物ですよ」

「今あるのが女性のものしかないから。来年は群真くん用に男性用のを仕立てるよ」

「来年はって……、これからずっとですか?」

「離婚しない限りはね」

離婚って……。

部屋は暖房で暖かいのに、巴さんは「寒いね」と言いながらテーブルを回って俺の隣に来てから座った。

「夕飯、別々になっちゃったね」

少しお酒の匂《にお》いがする。

「当主の務めだから仕方ないですよ。明日の朝も別々でしょう?」

「うーん……」

「わかってるから大丈夫です」

「ごめん」

甘えるように、抱き着かれる。

酔ってるのかな?

「儀式って、何するんですか?」

「日の出の前に神社に行って、お神酒《みき》と魚を捧げるんだ。それで一族の繁栄を祈る」

「それだけですか?」

「その後は、部屋に戻って夫婦で盃交《さかずきまじ》え、つまりお酒を飲むってことだね」

「お酒ですか」

「お酒っていうのは清めの意味があるし、盃を交わすのは契約の意味がある。だから、夫婦として禊《みそぎ》をして仲睦《なかむつ》まじく過ごせますようにってことだ」

「へぇ……」

「儀式のこともあるけれど、実は群真くんに話しておきたいことがあってね」

「話、ですか?」

何だろう。

彼が身体を離して、きちんと向き直るから、俺も座り直した。

「もう年を越すけど、群真くんは就職決まった？」

「あ、はい。一応」

「それ、どうしてもやりたい仕事？」

と問われると素直には頷《うなず》けない。

就職氷河期は過ぎたとは言われているが、決して売り手市場なわけではない。

ましてや俺は特技や才能に秀でているというわけではないので、内定が取れた会社も『取り敢えず』で選んだ電気メーカーだったのだ。

「普通のサラリーマンですから、特にやりたい仕事っていうわけじゃないですけど。大きな会社ですし、安定はしてるところです」

「そうか。どうしてもやりたいわけじゃないならよかった」

「よかった？」

「そこ、断りなさい」

「へ？」

「四月から、群真くんはうちの会社に入るんだ」

「は？」

やっぱり酔ってるのかと思ったら、そうではなかった。

巴さんは真面目な顔だもの。

「肩書きは私の第二秘書。秘書検定は持ってないだろうが、仕事をちゃんと覚えてくれればそれでいい」

「ちょ……、ちょっと待ってください。どうして急にそんなことに……。俺、コネ就職は嫌ですよ」

「コネは嫌と言われると辛いけど、他所《よそ》の会社に勤めても、長続きしないと思うよ」

「俺に会社員が向かないって言うんですか？」

少しむくれて言うと、彼は首を振った。

「そういうことじゃないよ。群真くんはきっと優秀な会社員になるだろう。でも、今回のように、本條の祭事の際には会社を休んででも列席してもらわなくちゃならない。本條の当主の妻として出なければならないものは色々あるからね。それを会社に説明できないだろう？もちろん、大抵の会社にはこちらから話を通すことができるが、そうなると群真くんは本條に関係する重要人物扱いになる。社内では特別扱いされるだろうね」

これが冗談じゃないところが怖い。

何せ今年の夏、父さんがここに来るためにまとまった休みが取れたのは、『本條の祭事に出席する』からだったのだ。

それが通ったのは父の会社が上の方で本條と繋がっていたためだった。

外様である俺は、『本條の力』がどこまで影響力があるのか知らないが、巴さんが冗談を言う人ではないことだけは知っている。

彼が真顔で言うなら、それはきっと本当のことなのだろう。

「群真くんを自分の手元に置きたいという気持ちはある。君が、東京で可愛い女の子に目が向くんじゃないかといつも心配してる」

「そんなこと……」

「お互い、元から男性が好きというわけじゃないだろう？　私はもう結婚なんて面倒だと思うようになっていたが、君はまだ恋愛に夢のある年頃だ。この田舎で、雰囲気に呑《の》まれて俺を好きと言ってくれても、都会で可愛い女の子に告白されたり、色っぽいお姉さんに言い寄られたら、やっぱりこっちのがいいって思うかも知れない」

確かに、俺は男の人の裸より女の人の裸の方に心ときめいてしまう人間だ。

でも……。

「思い込みや雰囲気で、男の人に抱かれたりしません。最初は儀式とかで仕方なくでしたけど、その……、最後まで許すのは、本気でなきゃできません」

少し赤くなりながら言うと、彼は嬉しそうににこっと笑った。

「ありがとう。そう言ってもらえると嬉しい。でも、不安は信頼とは別物だ」

「それはわかります。俺だって、巴さんが家の人に見合いとか薦《すす》められて断れなくなったらどうしようとか考えます。俺なんかよりずっと、美女に囲まれる機会は多いんだろうし」

「今までそういう相手がいなかったとは言わないけど、群真くんほど好きになった相手はいないと断言するよ。将来のある青年とわかっていても、この腕に引き留めたいと思うくらいだからね」

告白合戦みたいになってしまって、ちょっと恥ずかしいな。

でも巴さんには嘘やごまかしはしたくない。

彼が好きだからというのもあるけど、この人はどこかスレてなくて、純真っぽいところがあるので、偽りの言葉でも真に受けてしまいそうだから。

「相思相愛だね」

なんて恥ずかしい言葉を平気で口にできるような人なのだ。

「まあだから、自分の秘書として傍らに置きたいという気持ちがあるんだ。ただうちの会社に勤めるだけでもいいんだけど、やっぱり私が声をかけたり、私用で呼び出せば、君は特別扱いされるだろう。群真くんは、そういうの、嫌いだろう？　社長のお気に入りだからといって、腫《は》れ物に触るように扱われるの」

「好きじゃないです。自分の実力でちやほやされるのは気分がいいかも知れませんけど」

「うん。だと思った。だからね、秘書ということにすれば、私が出掛ける時に連れ回しても仕事だと思ってもらえる。特別扱いとは思われない。なので、本條の当主としても、私個人としても、君が私の秘書になるのが一番いいと思ったんだ」

説明されれば、それが一番だと思えるけど……。

「俺は、ただ巴さんの側にいるだけでいいってことですか？」

オマケみたいに彼にくっついてることを『仕事』にされるのは嫌だな、と思って訊《き》くと、巴さんはまたにっこり笑った。

「働きたい？」

「そりゃもちろん。ちゃんと働いてお給料が欲しいです」

「そう言ってくれてよかったよ。もちろん、群真くんには秘書としてちゃんと働いてもらう。仕事は仕事、プライベートはプライベートだ」

「当然です」

「今、私には既に一人秘書がついている。堤《つつみ》という男だが、大変有能な秘書で仕事に厳しい。堤は本條のことは理解しているが、本條の人間ではない」

血縁ではないのに重職ということは、それだけ優秀ってことか。

「三月になったら、堤の下で研修に入ってもらうことになる。秘書の仕事を学んでこなかった群真くんには辛いことも多いだろうが、君ならきっとできる」

「根拠のない信頼ですね……」

「根拠はあるさ。あんな非現実的な出来事にも正面からぶつかって、本條の長年の災いを片付けてくれた群真くんならね」

「あれは黒砂のお陰です」

「黒砂一人……、いや、一匹ではどうにもならなかったんだろう？　謙遜《けんそん》しなくてもいいよ。

それから、三月になる前に引っ越しもしてもらう」

「引っ越し？　自宅からじゃ通えないんですか？」

社員寮かな？

ずっと自宅暮らしだったから、一人暮らしは寂しいんだけど。

「勝手に決めて悪いとは思ったんだが……。四月から私と一緒に暮らして欲しい」

「え……？」

俺が驚くと、巴さんは少し申し訳なさそうな顔をした。

「君を手元に置きたい。それに……、自宅住まいだと色々困るだろう？」

「仕事の都合ですか？」

「いや。それもあるけど、夫婦の営みとか」

夫婦の営み……。

……それってやっぱり、ああいうことだよな。

「身体に負担もかかるだろうし、そのことを親御さんに言い訳するのも大変だろう？」

「……はあ」

彼に最後まで捧げてしまった時、俺は痛くて布団から出ることができなかった。

だから、あの後遠距離恋愛をしている時も、最後まではしていないのだ。途中までなら何度かされたけど……。

「私も何とか四月までには準備を整えて、拠点を東京に移すようにするから、群真くんは先に引っ越して待っていてくれ」

「東京に来られるんですか？」

「行くよ。君と暮らすために」

巴さんが俺の手を取って強く握った。

「毎日、君の顔を見て暮らしたいと思ったんだ。何かある度にここへ戻ってこなくてはならないかも知れないが、秘書になってくれれば君を連れて戻れる。一緒に暮らせば、離れてる間に、君が心変わりするんじゃないかという不安を抱かなくて済む」

「巴さん……」

「一緒に暮らしてくれるかい？」

真っすぐに向けられる視線。

返事なんか、決まっていた。

「はい。喜んで」

自分からも、彼の手を強く握り返す。

好きな人と一緒に暮らせる。

それはとても幸福なことだ。

仕事を勝手に決められたことはちょっと引っ掛かるけど、巴さんの言う説明には納得するしかないし、仕事でも巴さんの側にいられるなら、それもまたよしとしよう。

「群真くん」

握り合っていた手が引っ張られ、彼の胸に飛び込む。

少し強引に、唇が奪われる。

「ン……」

まだ慣れない、舌を使ったキス。

そこまではいいけど、手が着物の裾《すそ》を割って入り込もうとしたので、俺は慌《あわ》てて彼を突き離した。

「いやかい？」

叱《しか》られた子犬みたいな目で見られても、心を揺らがせてはダメだ。

「いやじゃないけど、だめです」

「何故？」

「着物が乱れても、俺、自分じゃ着付けできないからです」

「私が着付けてあげるよ」

「……巴さん、女性の着物、着付けできるんですか?」

俺がジトッと睨《にら》むと、彼はその意味を察したようだ。

「たしなみだよ、たしなみ。一応できるってぐらいだから」

慌てるところが怪しいなあ。

この人なら、和服美女と色々あってもおかしくないし。

「へぇ。凄いですね。でも『一応』じゃ危ないですから。やっぱりやめておきます」

過去のことにヤキモチは焼かないけど、全く気にしないってわけじゃない。

やっぱり誰かとそういうことをしたんだなぁ、と想像するのは気分が悪いのだ。

でも問いただすことはしなかった。絶対童貞じゃない彼の過去を訊けば、ヤブをつついて蛇《へび》を出しそうだから。

「ちょっと触るだけでもダメ?」

「俺は巴さんみたいに大人じゃないですから、ちょっとでもダメです」

「我慢できなくなる?」

「……言動がオジサンっぽいですよ」

「君に比べればオジサンだからね。残念、姫始《ひめはじ》めができるかと思ってたのに」

「『姫始め?』」

「年が明けて、初めてのエッチのこと。しょうがない。もう少し行儀よくしておくか」

彼が身体を離すと、寂しいと思ってしまうぐらいには、俺だって巴さんとイチャイチャしたいと思ってる。

でも他の人に知られるのはまだ怖い。

巴さんは本條の家にとって大切な人だから、たとえ彼の方からアクションがあったとしても、男である俺とそういう仲になったと知られたら、冗談じゃないと引き離されるかも知れない。

それが怖い。

もう諦められないほど彼のことが好きになっていたから。

「着物を脱いだら、……少しぐらいはいいですよ」

俺が言うと、彼は微笑《ほほえ》んだ。

「ではそれを期待しよう。その時間が取れるといいな」

もう、何もかもを呑み込んだ大人の顔で。


「さあ、行こうか」

明け方になると、しんしんと冷え込む灰色の空気の中、二人揃って部屋を出た。

着物で上手く歩けない俺は、巴さんの手を借りながら、ゆっくりと階段を下りた。

玄関先には誰もおらず、奉納するお酒と魚が朱塗りの箱膳に載せられ、置かれていた。

巴さんがそれを持ち、俺は彼に従うようにして外へ出る。

明け方の空気は鳥肌が立つほど寒かった。

猫に救われた伝説があるから、本條の屋敷の敷地内には猫を祭った神社がある。

大きくはないけれど柱や欄間《らんま》に猫の彫刻のある、可愛らしい神社だ。

思い起こせば、彼と出会ったのもその神社の本殿の前だった。

運命だったのかな。

薄墨の空が藤色に染まり、太陽の姿はなかったが、遠く東の空が強いオレンジ色に染まっていた。

白い息を吐きながら、その神社の前へ立ち、箱膳を供えて、二人、並んで手を合わせる。

黒砂は掛け軸の中にいて、ここにはいないとわかってるんだけど、思わず心の中で彼女に語りかけた。

早く、早く怪我を治して戻ってきて。

俺は黒砂のこと大好きだよ。

今度は身体を持って戻っておいで。

そしたらぎゅっと抱き締めてあげる。

柔らかな毛並みを撫でてあげる。

もう戦わなくていいんだから、のんびりした、猫らしい時間を過ごしていいんだから。一日中日向でごろごろする人生を楽しんでいいんだから。

待ってるからね。

口に出さない祈りを終え、顔を上げると、もう雲間に太陽の姿があった。

初日の出だ。

「これで終わりだよ。寒かっただろう」

「大丈夫です」

「戻ったら、ゆっくり休めるからね」

「はい」

屋敷に戻ると、絹さんが待っていて、下の座敷で丁寧に着物を脱がせてくれ、今度は男物の着物に着替えさせてくれた。

「お務め、ご苦労様でした。本日は他のお客様もいらっしゃいますから、下で皆様とお過ごしになられて結構ですよ」

「みんな来るんですか?」

「夏にいらした方全員ではありませんが、近隣の者は今日、明日で新年の挨拶に参ります。その前にゆっくりお食事をどうぞ」

用意された座敷で、簡単な朝餉《あさげ》をいただくと、さすがに眠くなってきた。

欠伸《あくび》をかみ殺すと、絹さんに笑われてしまった。

「どうぞお二人共、お部屋でお休みくださいませ」

お言葉に甘えて上の部屋へ戻ると、せっかく着替えたばかりの着物を脱いでパジャマになり、布団に入った。

並べて敷かれた隣の布団に巴さんも入ったから、少し悪さされるかな、と思った。

期待したわけじゃないけど。

でも、長旅でここまで来て、徹夜して、お腹がいっぱいになってしまった俺は、すぐに爆睡してしまった。

この屋敷で眠るなら、もしかして夢で黒砂に会えるかな、とこちらは期待していたのだが、そんなこともなく熟睡し…、目覚めた時にはもう巴さんの姿はなかった。

テーブルの上には、『着物を着るなら着付けには絹さんを呼ぶように』というメモ書きが置かれていた。

「……仕事が多いんだろうな」

今日は近隣の一族が新年の挨拶に来ると言ってたっけ。

挨拶する対象は巴さんなのだから、今日は一日来客の相手で忙しいだろう。

着物を着るのはやめることにした。

ここでは俺は外戚の子供。しかも外に出た人間。立派な着物を着てうろうろする立場ではない。

取り敢えず、母親が持たせてくれた『正月用の服』に着替えておいたが、下におりてゆくことはしなかった。

元旦に来てるのは、きっと本家に縁の深い人間ばかりだろう。そこへ顔を出すのも場違いな気がして。

することもないまま部屋で過ごし、昼食を運んでくれた絹さんに階下の様子を尋ねた。

「そうですわねぇ、広江様のおっしゃる通り、今日は御大層な方ばかりですものねえ」

「やっぱり偉い人なんですか？」

「政治家さんとか、会社の社長さんとか、地元の名士とか。お年寄りばかりですわ」

「俺、本條の家がどれくらい凄いかもよく知らないんですけど……」

「奥様として正式なお席に出るわけでもございませんから、そんなにお気になさらなくてもよろしいと思いますよ」

これはやんわり詮索《せんさく》するなと言われているのだろうか？

「春から、巴さんの下で働くことになったので、少しは知っておいた方がいいかと思ったんですが」

本條の力に興味があるわけじゃなくて、仕事の一環ですと言い訳してみる。

「伺っております。ですが、一口で説明するのは……。それに、お仕事関係の方々は明日いらっしゃると思いますから、それはまた別です」

「その人達全員と巴さんが会うんですか？」

「当然ですわ。皆さん、本條のご当主に会いにいらしてるんですから。松の内の間はずっと接客ですわね」

「松の内……って」

「七日までです」

「そんなにずっと？」

「ご退屈のようでしたら、街までお車をお出ししましょうか？」

「あ、いえ。大丈夫です。それで……」

「申し訳ございません、私も仕事がございますので、そのお話はまた後ほど」

「あ、はい。すみませんでした」

そうだった。この人はこの家の差配で、一番忙しい人だった。

それに、彼女にとって俺は仕えるべき女主ではなく、『妻』の役を演じている人間に過ぎないのだ。

絹さんを見送ってしまうと、俺は益々することがなくなってしまった。

散歩するには寒いし、知り合いはいないし、遊びに行けるところもない。

夏に知り合った同年代の親戚達も、今日は来ているかどうかわからないし、近くに住んでいたとしても住まいを知らない。

結局、俺は夜までその部屋でぼーっとテレビを観て過ごした。

夜になったら、巴さんが戻ってくるだろうと我慢して。

けれど、夜になっても巴さんは顔見せ程度に戻ってきただけで、すぐにまた出て行ってしまった。

「先に寝てていいから」

「夜にも挨拶の人が来るんですか？」

「泊まってゆく人達の宴席の付き合いだよ」

「疲れません？」

「務めだからね。明日の朝ご飯は一緒に食べられるように言っておくから」

昨夜、手を出そうとした巴さんが『その時間が取れるといいな』と漏らしたことが思い出される。

二人きりでゆっくり過ごせるのは、あの時だけだったのだ。

変な意地を張らず、あの時に応《こた》えておけばよかったかな……。

俺は三日まで本條の家に滞在したが、最後まで巴さんと二人きりの甘い時間を過ごすことなどできなかった。

儀式みたいなものはもうなかったけれど、とにかく朝から晩まで本條詣での人達の相手が大変だった。

朝ご飯だけは一緒に食べたけれど、昼、夜は別々。

特に夜は毎日宴席で、戻ってくるのはかなり遅い。

昼間暇だから寝て、夜の巴さんを待ってみたけれど、疲れて戻ってくる彼を見ると、早く休ませてあげたくて、話もろくにできなかった。

彼は、本当に忙しい人なのだ。

四日の朝、帰ることになった時も、駅まで送ってくれたのは別の人だった。

「一度時間が取れたら広江さんに就職と引っ越しの説明に行くから」

部屋で別れる時の巴さんの最後の言葉はそれだった。

春になったら、一緒に過ごせるようになる。

それまでの辛抱だ。

仕事は大変でも、夜は二人で過ごせるようになる。

だから、今は我慢しよう。

それまでにやらなければならないことは沢山《たくさん》ある。

想像していたものとは少し違ったけれど、慌ただしくも暇だった俺の正月はこれで終わりを告げた。

次は春。

新しい生活のスタートを楽しみにしよう。

一人帰路につく列車の窓から外を眺め、俺は夢を馳《は》せた。

初めて実家を出ることに。

大好きな人との生活に。

夢と希望を乗せて。


だが、夢と希望は夢と希望。

現実は現実だった。

まず、一月中に巴さんが我が家に来て、俺を本條の会社に入れたいと申し入れた。

今の秘書は本條の人間ではないので、本條の事情を知る人間を側に置きたい、ひいては、身の回りの世話も頼みたいので、同居もしたい、と。

両親は当然のごとく驚きを隠せなかった。

本條本家の凄さを知っている母は、まず当主が我が家にやってくるというだけで舞い上がっていた。

本條とは血縁のない父も、夏の休暇の一件で、本條が権力者だと認識していたので、俺がその当主に気に入られたことを驚いていた。

当然、反対などされるわけがなく、不肖《ふしょう》の息子でよろしかったら、どうぞ好きに使ってくださいと、頭まで下げた。

心配していたのは、内定が取れていた会社だったが、こちらから断りの電話を入れた時には既に話がついていた。

電話の応対に出た担当者からは「何かあったら、うちをよろしく頼みます」と言われたぐらいだ。

……本條の力、おそるべしだ。

大学はもう単位もバッチリで卒業もほぼ決まっていたし、卒論も完璧。

後はのんびり引っ越しを……、と思ったのだが、母の特訓が待っていた。

「巴様のお世話をするなら、料理やアイロンのかけ方、和服の畳み方も覚えなきゃだめよ。粗相《そそう》があったら大変でしょう」

と、まるで花嫁修業のようなことをやらされた。

いや、実際花嫁なんだから正しいのかも知れないが。

本條の本家では、全て絹さんが手配をしてくれていた。

俺が見なかっただけで、他の人達も皆、巴さんが快適に暮らせるようにと動いているのだろう。

それを俺が一人でやらなくてはならないのかと思うと、確かに覚えることは沢山ありそうだ。

まして父さんから、

「本條ほどの家になるとホームパーティとかもするんだろうな」

なんて言われると、夢と希望は不安に塗り替えられてしまった。

離れていても、電話やメールでやり取りを続けていたので、思い切ってそのことを話し、自分が何を覚えるべきかと尋ねると、巴さんは電話の向こうで笑った。

『一人暮らしができる程度でいいんだよ。ホームパーティとかは、東京の本條の家でやればいいし』

「東京の本條の家?」

『今度連れて行ってあげよう。一応東京の屋敷があるんだ』

東京の屋敷……。

『料理や掃除洗濯は、私も学生時代に一人暮らしをしていたからある程度はできるし、できないようだったら人を雇えばいいさ』

「誰かを一緒に住まわせるってことですか?」

『まさか。通いだね。私達が会社に行ってる間に仕事をしてもらうようにすれば、顔も合わせなくてもいいだろう』

そういうことをさらりと言ってしまうところが、お坊ちゃまだ。

「俺が使えないってことなら仕方ないですけど、ギリギリまではやらせてください」

『いいとも。ただし、群真くんの負担が大きいと思ったら、手配するからね。身体を壊してまで、私の世話をする必要はないんだ』

「はい」

そうこうしている間にも時間は流れ、友人達に三月から研修だと説明して、早めの卒業旅行にも行き、無事卒業が確定となった二月の終わり。

巴さんが東京にやってきた。


本條の屋敷で会う時は、大抵着物姿だったのだが、その日巴さんはスーツ姿で現れた。

長めの前髪を後ろに撫でつけ、背筋を伸ばして微笑む姿は正にセレブ。

一応スーツで待つようにと言われて就活用に買ってもらったスーツを着ていた俺とは、着こなしもスーツの質も全然違う。

巴さんがかっこいいのは、恋人としてはうっとりだが、同じ男としては嫉妬《しっと》してしまう。

俺もこんなふうにかっこよくなりたいなぁと。

迎えにきてくれた車は黒のリムジンで、運転手付き。

ハイヤーみたいに白いカバーを付けたゆったりした後部座席と運転席の間には透明な仕切りがあり、小さなインターフォンが付いてるところを見ると、防音らしい。

「今日はかっこいいね」

本当にかっこいい人に言われても……。

「俺なんか七五三みたいですよ。巴さんの方が断然かっこいいです」

「今日は、堤と君を引き合わせる。私の秘書だね。四月の入社までに、他の者に紹介して恥ずかしくない秘書に仕立ててもらう」

「はい」

覚悟はしていたことだ。

「群真くんならわかってくれると思うが、会社では、群真くんのことを特別扱いにはしない。君は一見習い社員として扱う。側にいることもできないと思う」

「わかってます。仕事とプライベートは別ですね」

「わかってくれてありがとう。君のことは広江と呼ぶからね」

「はい」

理解はしている。

でも緊張は隠せなかった。

何せ、会社訪問すらしたこともない会社に入社するのだ。

雰囲気も何もわからず、知り合いもいない場所。

巴さんが直接経営にかかわってる会社がどこなのかすら、正直知らなかった。

自分のところへ来い、と言われてから慌てて調べたのだ。

これから向かうのは、白帝《はくてい》物産という総合商社だった。

系列のグループは色々あるけれど、それらの全てを繋げている会社だ。

本條の家のことは、父さんに説明してもらった。

父さんは本條の人間ではないが、社会人として、一般的に知られていることを教えてくれた。

白帝物産は、前身を帝国白虹《ていこくはっこう》という貿易会社で、戦前は大きな船を幾つも持っている巨大な会社だった。

だが戦後の財閥解体で、それぞれの部門ごとに分かれ、各社を繋ぐネットワークとして中核に残ったのが白帝。

本條は地元選出の政治家に金を出して支援し、そこから中央政府に働きかけて国有地を安く払い下げてもらった。

その土地が、本條の力の源だ。

売れば大層なお金になるが、それを売らずにビルを建て、有名企業に貸し出した。

一等地に会社や店を出したいなら、本條の土地を使うしかない、ということは、借りる方は本條に頭が上がらなくなるということだ。

更に、そこから得た潤沢な資金を、元から持っていた地方銀行だけでなく、都市銀行にも預けた。

銀行にとって、本当のお客様は預ける側ではなく借りてくれる側だ。何故なら、借りた人は利子という金を支払ってくれるのだから。

けれど、貸し付ける元手も必要となる。

なので、安定した経営をするためには大口の預金者も必要。

本條は、その両方で大手だった。

ビルを建てるために金を借り、会社に入ってくるお金を預けてくれる。

しかも、もし何かあって都市銀行が本條にお金を貸してくれなくても、自分の持っている地方銀行が本條を支えてくれる。

その銀行には、地元の、本條を信奉している人達がお金を預けてくれるから、資金が枯渇《こかつ》することもない。

個人の預金者しかいなくても、地元の人が全員預ければかなりの額だし、公共料金や年金の受け取りも任せてくれれば手数料も入る。

大手の企業グループは都市銀行を持つものだが、本條は持たないことで他の大きな銀行に影響力を維持しているらしい。

そして解体されたかつての本條財閥はそれぞれの分野で成功を収め、その資金がまた本條に集まる。

会社同士を繋ぐのが、白帝。

金が集まるのが本條。

沢山の金は政治資金にもなる。

地元の議員はもちろん、恐らく多くの議員が献金を受けているだろう。

表立って日が当たっているのは、大本の土地を預かる本條地所だが、要《かなめ》は白帝。そして本條自体も、表には出ていないが、地下に広大なネットワークを持っているだろう。

……と、父さんは言っていた。

父さんも、今回のことがあって調べただけなので、全容を理解しているわけではない、というのがちょっと不安だが。

そうこうしている間に、車は会社に到着した。

広い庭園風のロータリーを回り、青く反射するガラスをはめ込んだ黒いビルの前で停車する。

「さ、降りようか」

「はい」

ここからは、俺の知ってる巴さんとは違う。

俺は社員見習いで、彼は社長。プライベートで親しく言葉を交わしていても、その線引きを忘れてはいけないと、父さんに重々注意されていた。

俺が先に降り、巴さんが降りるまで開いたドアの傍らで待つ。

巴さんが降りると、ドアはタクシーみたいに自動で閉まった。

「ついてきなさい」

の声の響きも、いつもより凛々しい。

自動ドアを抜け受付の前を過ぎて真っすぐエレベーターに。

でも、受付の前を通った時に、そこにいた女性がうっとりした目で巴さんを見送っていたのは気が付いた。

多分、社内の独身女性は皆、同じような目で彼を見ているんだろう。

彼が、俺なんかでいいと言ってくれるのは、あまりにもこういう目で見られ過ぎて、慣れてしまったからなんじゃないだろうか?

エレベーターで向かったのは、二十二階。

それより大きな数字のボタンがパネルにないから、そこが最上階だろう。

扉が開くと、甘く深いブラウンのカーペットが敷き詰められたフロア。

何だか、場違い過ぎてドキドキする。

慣れた様子で先に進んだ巴さんは、一枚の大きな木の扉の前で止まり、ドアを開けた。

一歩中へ入ると、真っ正面は青空と空に聳《そび》える高いビルの先端だけが映し出される全面ガラス張りの壁というか、窓。

その窓を背にした巨大なデスクが巴さんの席だろう。

その傍らにある、一回り小さいデスクには、グレイのスーツに身を包んだ、眼鏡にオールバックというデキる男風の男性。

俺達が入って行くと、彼は立ち上がって礼をとった。

「おはようございます」

「ああ、おはよう。何か報告はあるかい？」

「特にはございません。福山《ふくやま》議員が面会を求めておりますが？」

「そういうのは公幸《きみゆき》さんに任せているだろう」

「副社長ではなく、社長にお会いしたいとのことです」

「内容は？」

「恐らく資金援助かと」

「では公幸さんに任せる。それが不満なら、はっきりとした理由を訊くように」

「はい」

巴さんは、立ったまま俺を振り向き、前へ出るように目で促した。

応えて一歩前へ出る。

「先日話した広江群真くんだ。広江、彼が私の秘書の堤だ」

「初めまして、広江と申します」

頭を下げて挨拶をする。

だが向けられた堤さんの目は冷たかった。

「本條の人間ですね？　私は堤と申します」

こういう人なのか、俺が気に入らないのか。

「入社は四月からになる。その前に、少し面倒を見てやってくれ」

「かしこまりました。本日はこのまま出社ですか？」

「いや、彼を連れて他に行くところがあるからすぐに出るよ」

「でしたら、その前に公幸様にお顔出しをされた方がよろしいかと」

「そうだな……。広江、ここで待っててくれ」

いつも優しく『群真くん』と呼ぶ声が、社長のそれになっている。

やっぱり会社では態度は変わるのだ。

「はい。お待ちします」

だから俺もそれに合わせた。

巴さんが部屋から出て行くと、堤さんは俺を見て、そこにある応接セットのソファを示して「どうぞ、座ってください」と言った。

「はい、失礼します」

まるで今日が入社試験みたいだ。

堤さんはデスクから離れ、俺の正面に腰を下ろした。

「広江、というのでしたら、本條はお母様の筋ですか？」

「はい」

堤さんは本條の筋の人間ではないと聞いていたが、やはりそこはチェックされるのか。

「幾つか質問させていただきますが、よろしいですか？」

「はい」

「秘書の検定はお持ちですか？」

それを訊かれると辛いな。

「……いいえ」

「CBSは？」

「……『CBS』がわかりません」

「国際秘書検定のことです。ビジネス実務とマナーをどこかで習得しましたか？」

「いいえ」

明らかに彼の顔が曇る。

俺だって、秘書を目指していたらそういうものに手を出しただろうが、つい先日までは営業マンになるつもりだったのだ。

「車の免許は？」

「持ってますが、車はまだ持っていません」

「語学は？　何かライセンスをお持ちですか？　ＴＯＥＩＣは？」

「ライセンスは何も持っていません。一応英検は二級ですが。ＴＯＥＩＣを受けたことはありません」

「『一応』は結構です。『一応』『的な』『みたいな』は使わないように」

「はい」

「どうして我が社に入社を？」

ここは何と答えるべきだろう。

巴さんの命令、と一応事実を言うべきだろうか？　それともごまかすべきか。

一瞬悩んで、俺は正直に答えた。

「本條の家の事情です」

これから上司になる人に、あまり嘘はつきたくない。

だが彼の意向には添わなかったようだ。

堤さんは眼鏡の奥で眉をピクリと動かしたから。

「広江さんは、秘書としてのノウハウを学ぶより、まず会社員としての基礎を学ぶ方が先のようですね」

俺もそう思う。

「私も忙しいので、基礎を教えている時間はありません。まずはマニュアルを作ってあげますから、それを丸暗記するところから始めてください。それから、関係者の顔と名前と肩書きも、全て覚えていただきます」

「はい」

「新聞は何紙読んでますか?」

「……一紙です」

それも、父親が取ってるのを時々読む程度だが、それは言わなかった。

「最低三紙は目を通すように」

「はい」

言ってるところに、巴さんが戻ってきた。

一人ではなく、巴さんよりも年上の、髭《ひげ》を蓄えた紳士と一緒にだ。

堤さんが立ち上がったので、俺も立ち上がる。

「公幸さん、彼が広江くんです」

公幸……。この人が副社長か。

「初めてお目にかかります。広江群真と申します」

「広江。お母様はどこの家かな？」

またその質問か。

「下條です」

「ほう、下條か」

公幸さんが俺にかけた言葉はそれだけだった。

「新卒で秘書を雇うのは異例ですな」

だからこれは巴さんへの言葉だ。

「秘書室に本條の筋を入れろと言っていただろう」

「ですが若い上に下條では……」

「彼には私のプライベートの世話をさせる。東京では一人暮らしをするからな。堤には仕事に専念してもらいたいので、欲を出さない新卒の方がいい」

「なるほど、家政婦ですか。それなら確かに若い方がよく働くでしょう」

……苦手なタイプだな、この人。

俺はぺーぺーだし、ある意味身内だから我慢するけど、巴さんが片腕としてる堤さんの前で、家だの筋だのって言葉を出すのは失礼じゃないか。

仕事は実力。

家も名前も関係ないのに。

……ってコネ入社の俺が言えないか。

「広江さん、色々とお渡しするものや細かい説明がありますから、私とメールのアドレスを交換しましょう」

「あ、はい」

携帯電話を取り出し、堤さんとアドレスを交換する。

「今時は何でもメールですなぁ」

「公幸さん。後は頼みますよ。私はもう行きますから。細かい指示はまた堤からさせます」

「かしこまりました。東京にいらしたら、社長に専念なさるので？」

「今まで通りです。白帝は公幸さんに任せますよ。余程のトラブルでもない限り」

……うわぁ。

巴さんもこんな物言いするんだ。

「本條の当主のお仕事がお忙しいでしょうから。ここは私が働きますよ」

何か心臓が痛くなりそうだ。

これが彼のビジネスの顔なんだ。

「広江、行くよ」

「はい。それでは、公幸様、堤様、失礼いたします」

二人に挨拶をし、先に部屋を出る巴さんについて社長室を後にする。

エレベーターに乗ると、ようやくほっと一息つけた。

「緊張した?」

いつもの顔で、いつもの声で、巴さんが訊く。

「はい……」

「今日はこれでもう仕事関係のところは終わりだから。ここからは二人きりだよ」

「次はどこへ行くんですか?」

「まず群真くんのスーツを何着か揃えよう。それから、新居に向かう」

「新居」

「二人で住むマンション」

エレベーターは地下まで向かい、今度は巴さん自ら運転して会社を後にする。

銀座《ぎんざ》の高級店でスーツを買うというから、俺は慌てて止めた。そんな分不相応なことはできない、と。

「社長秘書が安売りのスーツでは、会社の威厳にかかわる。これは制服だと思いなさい」

だがこう言われては、断ることができなかった。

ドアマンのいるブランド店に入るのが初めてなら、店に入った途端マネージャーみたいな人が飛んできて、売り場の隅にあるソファに案内されたり、シャンパンを出されたのも初めて。

巴さんが車で来ているからと言うと、シャンパンはすぐにコーヒーに変わった。

「彼にスーツを。ビジネス向きのものがいい。靴とタイとバッグ、名刺入れやキーケースなどの小物も揃えてくれ」

巴さんが、命令することに慣れた口調で言うと、俺は店員に試着室へ連れ込まれた。

正直、何が似合って何が似合わないのかもわからなかった。次から次へ、何着試着させられたかもわからない。

スーツを着るのだって、リクルートと成人式ぐらいだったのだ。

値段なんて、怖くて見られなかった。

テンパってしまう自分と、当然のようにくつろいで店員と話をする巴さん。

田舎の、巨大な楼閣の中で『主』として扱われている巴さんを見ている時も、自分とは違う世界の人だと思っていた。

けれど、緑豊かな山々や、和服の人々、神社に古いお屋敷、本家だの分家だのと物語の中のようで、現実味が薄かった。

だが、こうして自分の生活圏で、現実味のある場所で、巴さんのセレブぶりを見てしまうと、もうわけがわからないほどの違いを見せつけられた感じだ。

金持ち、という以上に上流階級の人なんだと。

俺とは天と地ほども違うのだと。

「それがいいね」

スーツは、巴さんが決めたものを三着も買ってもらった。

小物も巴さんが選び、黒で統一されたものが揃えられた。

もう、遠慮する気力もない。

どれだけお金がかかったかも、想像したくない。

お店の人が、うやうやしくブランド名の入った紙袋を持ってついてきて、車に積み込んでくれる姿も、もう夢みたいに眺めていた。

「さあ行こうか」

荷物を全て積み終わると、店員達に見送られて車がスタートする。

二人きりになって、じわじわと現実に引き戻されると、後部座席のブランドの紙袋がだんだんと重くのしかかってきた。

「俺……、スーツの代金は出世払いでお返しします」

「かまわないよ。私が好きで買ったんだし、仕事の制服だと言っただろう?」

「いいえ。俺が着るなら、やっぱり俺が支払います。俺は、そんなにしっかりした人間じゃないから、こんなふうに甘やかされたら、いつかつけ上がっちゃうかも知れません。そうなりたくないから、線引きしましょう」

「うーん……。それじゃ、今回だけ、ということにしよう。今回だけは、私からのお詫《わ》びということで」

「お詫び？」

「君の就職先を勝手に決めてしまったからね。そのお詫びだよ」

「そんなの……。結果としていい会社に入れるわけですし」

「その分、色々問題もあるかも知れない。これくらいじゃ安いくらいだ」

「脅かさないでください」

「そうだな。でも半分は本気だ。それと……」

「それと？」

「これは部屋に着いてから話すよ」

大きな会社と豪華な社長室、運転手付きのリムジンにこのピカピカの外車、高級店での値段を気にしない買い物と現実離れしたことが続いた最後は、高級なマンションだった。

高い塀に囲まれ、その向こうに樹木が見え、さらにその向こうに低層の建物が横に広く建っている。

巴さんと住むというのだから、高級なマンションだろうとは思っていた。

想像では、見上げるほどの高層マンションだろうと思っていたのだが、都心なのに横に広いというところが、より高級さを感じる。

土地をふんだんに使ってるってカンジで。

車が滑り込む地下駐車場。

並んでいるのは、いずれ劣らぬ高級車。

「荷物、持って」

「はい」

言われて紙袋を持って車を降りる。

「ここからエレベーターでも行けるけど、取り敢えず最初だから玄関から入ろうか」

「はい」

一旦地下から正面に回ると、大きな自動ドアに暗証キー。

巴さんの指がボタンを押すと扉が開き、中はホテルのロビーのようなソファセットが置かれた広い空間。

二基並んだエレベーターもホテルみたいだ。

というか、豪華な建物といえばホテルしか比較対象物がないから、『ホテルみたい』と思うんだけど。

エレベーターが来るのを待っていると、やっぱりセレブっぽい、かっこいい男性が隣に並んだ。

ちらりとこちらを見るから、思わず軽く会釈する。

男性は、にこっと笑って、やってきたエレベーターに先に乗り込んだ。

続いてこちらが乗り込むと、「お隣さんですね」と声をかけてくる。

「のようですね」

巴さんはにこやかに答えた。

「俺は高坂《こうさか》、そちらは？」

「私は本條です。彼は広江くん」

「ご兄弟ってわけじゃないですよね？　名字が違うし」

「親戚です」

「そうですか」

言ってる間にエレベーターが到着し、一緒に降りる。

高坂さんが俺達を見て『お隣さん』と言ったのは、巴さんと挨拶が済んでいたというわけではないことが、降り立った途端にわかった。

ドーナツ型の大きなベンチが置かれたエレベーターホールの左右に玄関が二つだけ。

つまり、このフロアには俺達と高坂さんしか住んでいないのだ。

「それじゃ、また」

彼は軽く手を上げそのまま部屋に入って行った。

カギ……、かけてないのかな？

「群真くん。入るよ」

「あ、はい」

巴さんはカギを取り出し、カギ穴に差し込んだ。

もちろん、そのカギはディンプルキーだ。

今カギを差し込んだのは一カ所だがカギ穴自体は二つ、つまり二重カギ。

「どうぞ」

「あ、はい」

ドアを開けるとフラットな大理石の玄関。

靴を脱いで奥へ進むと、明るいリビング。

もう広さも、家具の豪華さも驚かないぞ、と思っても、やっぱり驚かずにはいられなかった。

「凄い、広い、綺麗」

「気に入った？」

「ここに俺も住むんですか？」

「もちろん。一応家具は私が選んだけど、気に入らなかったら言ってくれ。こっちだよ」

荷物をリビングに置いて、彼についてゆく。

リビングから吹き抜けで二階に上る階段があり、上った先にドアが四つ。マンションの部屋に階段があることも驚きだ。

「ここ、何LDKですか？」

「全部で六かな？」

「六……」

「私の仕事部屋と私室、書庫、群真くんの部屋、客用寝室。一つはまだ決めてないから、何かに使いたければ好きにしていいよ」

指折り数えて説明しながら、彼はドアを開けた。

「ここが君の部屋だ」

何かね……、もうお腹いっぱいです。

アースカラーで統一された明るい部屋には既に家具がきちんと揃えられ、ベッドにデスク、パソコンにテレビにオーディオ。モデルルームのように美しく飾られていた。

「気に入った？」

俺が喜ぶ様子を見せなかったので、巴さんは気遣わしげに訊いてきた。

「凄過ぎて声が出ません」

嬉しいことは嬉しい。

こんな素敵な部屋が自分のものになるなんて。

でも、今日は朝から驚き過ぎて、もうどんなリアクションを取っていいのかわからなくなっていた。

「こんな立派な部屋がもらえるなんて思ってなかったので。ありがとうございます」

「足りないものはないかい？」

「ありません。っていうか、あり過ぎるくらいです」

「気に入ってる？」

「もちろん」

「よかった」

彼は俺の肩に手を置き、更に奥にあるドアを開けた。

「こっちが私の寝室だ」

こちらは仕事部屋が別にあるからか、存在感のある大きなベッドがメインになっている。

巴さんは俺を伴ってそのベッドの上に腰を下ろした。

ベッド……。

もしかしてこのまま……、という緊張が走る。

「いつ引っ越してこられる？」

「三月には引っ越しと言われてたので、もう荷物はまとめてあります」

「そう。じゃあ、明日にでも業者の車を回そう」

「明日ですか？」

「いや、いつでも、群真くんの都合のいい時でいいよ。ただ、早い方がいいだろう？　これから堤の研修が始まるし、その最中に引っ越しするより楽だろうと思って」

「ああ、そうですね」

「それで……、大変申し訳ないんだが……」

「はい？」

「暫くは群真くん一人で過ごしてもらうことになると思う」

「え……？」

ここで一緒に暮らすんじゃなかったのか？

てっきり引っ越したらすぐ二人の生活が始まると思っていたのに。

「拠点をこちらに移すことになると、色々片付けなきゃならないこともあるし、年度末と重なるから、本條の方でやることも多くて……」

仕事なら当然だと胸を張っていいのに、申し訳なさそうにするところが、この人らしい。

「わかりました。いいですよ。先に引っ越してきて、ここの生活に馴染むようにします」

「ごめんね」

「とんでもない。仕事優先です。巴さんは背負うものが多いんですし、そういうのをちゃんとやってる巴さんはかっこいいと思います」

「群真くん」

巴さんは俺を抱き寄せると額《ひたい》に軽くキスした。

「下へ行こうか。ベッドの上だと、このまま押し倒したくなる」

……ってことは押し倒されないんだな。

「本当は押し倒したいんだけどね。これから屋敷に戻らないといけないから、我慢するよ」

俺の心を読んだかのように、彼は笑ってそう言った。

忙しいんだなぁ。

そりゃ、一族とか会社とか、彼が面倒見るべきものが沢山あるのだから当然だけど。

「本当に、俺なんかと一緒に暮らしていいんですか？」

階段を下り、リビングに戻ると、俺は訊いた。

「巴さんが東京に来るって、大変なことなんじゃ……」

「大変じゃない、とは言わないよ。一緒に暮らせばわかることだからね。でも、私が君と一緒に暮らしたかったんだ。自分の好きな人と生活したいと思うのは当然だろう？」

「でもそれで身体を壊したりしたら……」

「それほどやわじゃないさ。ただ、寂しい思いをさせることはあるかも知れない。群真くんが仕事を覚えて、秘書として連れ歩けるようになったら、君にも行ったり来たりの生活をさせるかも知れないし。それでも俺と一緒にいてくれるかい？」

「もちろんです！　俺、頑張ります」

「君の、そういうところが好きだよ」

巴さんはそう言ってまた笑った。

「悪さはしないけど、キスしていい？」

「う……、はい」

もう大学を卒業するのだし、自分が子供だなんて思っていなかった。

でも、彼の前では、自分はまだまだ子供だなと思ってしまう。

近づいて来る顔。

顎《あご》を取られ、重ねる唇。

噛み付かれるような、舌を使った深いキスは、正に『大人のキス』だから。

口の中で、彼の舌が動く。

生き物のように中を荒らして、俺の舌に絡まってくる。

腕は背中に回り、しっかりと俺を抱き締めて逃さないようにしてから更に深く求められて、息が苦しくなる。

でも、動悸《どうき》が早くなっているのは、息が苦しいからではないことぐらいはわかっていた。

やっと唇が離れた時には、くらついて彼の胸にもたれかかってしまった。

「四月には、絶対にここに移って来るから、それまで待っていてくれ。絶対だから」

俺に言う、というより、巴さんの決意みたいな強い言葉。

「東京へ来た時はここへ泊まるし、なるべく東京に来られるようにしよう」

「無理はしないでくださいね」

「無理してでも、ここへ来たいよ」

彼は追加のキスを軽くして、ようやく腕を離してくれた。

「さて、じゃ、ここの使い方を教えよう。それと、カギも渡さないとね」

これ以上くっついてると、ベッドから移動してきた甲斐《かい》がない、というように。


さすがに翌日は無理だったが、翌々日には俺はここに引っ越してきた。

引っ越しといっても、家具は全部揃っているので、持ってきたのは本とかCDとか、服などの小物ばかり。なのであっという間に済んでしまった。

わざわざ手配してもらった業者さんに、申し訳ないくらいに。

巴さんは立ち会いが無理だったけれど、どうしても部屋が見たいというので、母親が手伝ってくれた。

「凄いわねぇ」

を連発したのも当然だろう。

俺だって本当にそう思う。

「あんたは我が家の出世頭ね。巴様のご機嫌損ねちゃダメよ」

「そういう人じゃないよ」

「お母さんも、一生に一度でいいから、こんなとこに住んでみたいわ」

「どうでもいいけど、俺の部屋以外は覗《のぞ》いちゃダメだよ。巴さんの仕事部屋とかもあるんだから」

「群真は見たんでしょ?」

「俺だって見てないよ」

「あら、そう。じゃやめとくわ」

俺が見てたら止めても見るってことか。

女性の好奇心って怖いな……。

でも、流石《さすが》は母。

たっぷりと作り置きの料理を持ってきてくれた。

「冷凍しておくから、ちゃんと食べるのよ。研修中に身体壊したら大変でしょう。作れないと思ったら、いつでも家に食べにきていいんだからね」

持つべきものは母親だなぁ。

「大丈夫だよ」

「それから、昨日電話が来た、堤さんにも、引っ越し終わりましたって連絡しておきなさいよ。直属の上司なんだから」

「はい、はい」

そうなのだ。

昨日、早速堤さんから電話があって、本当は今日、一度会社に来るように言われていたのだ。

だが、今日が引っ越しだと告げたら、終わってから連絡するように言われた。それを隣で聞き耳立ててたわけだ。

「仕事があるなら、母さん帰るけど、しっかりね」

「わかった、わかった。今日はありがとう」

「一人暮らしなんて初めてなんだから、本当に気を付けるのよ」

おせっかいで好奇心旺盛だが、優しくて心配性なのが母親というものなのだろう。

何度も「気を付けて」を繰り返しながら、母親は帰って行った。

この後、すぐに荷解きをしたかったが、母親に言われていたので、まず堤さんに『引っ越し終了しました』のメールを送った。

電話の方がいいかな、とも思ったが、仕事中に電話をすると邪魔かと思ったので。

それから部屋へ行き、最初のダンボールに手をかけたところで、携帯電話が鳴った。

相手は堤さんだ。

『堤です。お引っ越しが終わられたようで』

「はい、広江です」

「あ、はい。荷物の運び込みは終わりました」

『すぐ出て来られますか？』

荷解きはまだだが、ここは行った方がいいだろう。

「はい。すぐに出ます」

『どれぐらいで来られますか？』

「今はまだ引っ越し用にラフなスタイルなので、スーツに着替えてからとなると、三十分ほどで行けるかと」

『わかりました。では、会社に到着したら、メールで呼んでください。一階にカフェがありますから、そこで待つように』

「はい」

話しながらも、俺は既にズボンを脱いでいた。

電話を切り、すぐにスーツに着替え、母親の持ってきてくれた料理をちょっとだけ摘まんでマンションを出る。

これから仕事だ。

終《つい》に俺も会社員になるのだ。

勢い込んで飛び出したのだが……、仕事への道はまだ遠かった。

一階のカフェに到着し、メールを入れて待っていると、堤さんが現れ、一番奥の、人目につかない席に移動させられた。

「あなたはまだ学生であって、我が社の社員ではありませんから、社長室に入れるわけにはいきません。これから私と会う用件ができた場合は、この喫茶室で会うことにします」

まずは先制パンチ。

納得のいく理由だけど、態度が『私は認めない』と言っているのがよくわかる。

「広江さんには、まず基本的なビジネスマナーの講習を受けていただきます」

「はい」

「まだ学校行事が残っているでしょうから、日程の調整は直接講師の方とするように」

「はい」

「それから、履歴書が提出されていないので、書いて持ってきてください」

「はい」

「何か質問はありますか？」

事務的な冷たい口調だが、俺だって厳しい就職面接を体験してきたのだ。こんなことぐらいで負けてたまるか。

「電話やメールの件ですが、即座に対応した方がいいのでしょうか。それとも、決められた時間に送った方がよろしいでしょうか」

「メールは即時返信で結構です。すぐに返信できなかった場合は、遅れた理由を明記してください」

「ではメールと電話と、どちらで連絡を取った方が……」

「メールにしてください」

「わかりました」

堤さんは眼鏡越しに、ジロリと俺を見た。

上から下まで、じっくり眺めてからあからさまにため息をつく。

「あなたは社長秘書として、巴様には不釣り合いです」

……いきなりそれか。

「本條の名前で入り込んだだけで、巴様の側に立てると思ってるんでしょう。そういう甘えを、私は歓迎しません」

「そんな……」

「秘書の勉強もしてない、経験もない。それでも断ることなく秘書になろうなんて、巴様狙いなんでしょうが、私がいる限りそういうことは許しませんから」

……巴さん狙いとか、自分がいる限り許さないとか、まさかこの人巴さんのことが好きなんじゃないだろうな。

秘書としては若いし、結構イケメンだし。

「ですが、なってしまったからには仕方ありません。せいぜい、巴様に恥をかかせないよう、努力してください」

「……はい」

「では、今からここへ行くように。連絡はしておきますから。当然ですが、一人で行くんですよ。そちらで、基礎を学んでから、また連絡をください」

「あの…、仕事のことは……」

「基礎ができてない人間に、私が教えることはありません。暫くは会社にも来なくて結構。むしろ会社には来ないでください」

「でも……」

「仕事をしない人間が会社に用はないでしょう。会社は仕事をする場所ですから」

「……はい」

ジロリと睨まれて、反論ができなかった。

彼が言うことは正論だ。

巴さんがいない間、堤さんはきっととても忙しいのだろう。彼が言う通り、俺は何もできない。そんな俺の教育に時間を割《さ》かせては悪い。

言い方はきついけど、頷くしかないのだ。

「わかりました。では、そちらの方へ伺わせていただきます」

「結構。私には本條の名前も関係ありません。ここではそれは無用の長物です」

「俺は……、いえ、私は、本條の家とは関係ありません」

「そうですか。ではそれで結構です」

信じてない口調だな。

「他に質問がなければこれで失礼します。三時までに向かえますか？」

「あ、はい。多分」

「多分、では困ります。先方との約束がありますから」

「道に迷わなければ、大丈夫だと思いますが、初めて向かう場所なので、確約はできないかと思います」

「でしたら、迷った時にはあちらに電話を」

「はい。わかりました」

堤さんは、スーツのポケットから地図の描かれた紙を取り出し、俺に渡してくれた。

「下に電話番号が書いてあります。あなたの担当は宮下《みやした》さんです」

「宮下さんですね」

「頑張ってください。あなたの様子は逐一報告させますから」

「……はい」

頑張らねば。

この人に認めてもらわなければ、巴さんと一緒に仕事なんてできないし、俺を秘書にと抜擢した巴さんの立場も悪くなるかも知れないのだから。

「ここは払っておきます。すぐに向かってください」

「御馳走《ごちそう》になります。それでは失礼いたします」

前途多難、という言葉が頭の中を過《よぎ》った。

本條の屋敷で猫になった時もそう思ったが、今度は自分の力で何とかしなければならない、いや、何とかできるのだから、頑張り甲斐がある。

俺が頑張れば、結果を手にできるのだ。

頑張るぞ。

堤さんに礼をすると、俺はすぐに店を出た。

黒砂と戦った俺ならできる、と自分を奮《ふる》い立たせて。

俺が向かったのは、ビジネススクールだった。

だが用意されていたのは他の人達と一緒に学ぶのではなく、特別講師による、マンツーマンの個人授業。

講師の宮下さんは、黒縁眼鏡の、厳しい教官といった感じの中年男性だった。

「話は聞いてます。君を人前に出して恥ずかしくない程度には教育して欲しいということですが、基礎はゼロだとか」

宮下さんは全く遠慮のない、鬼教官だった。

覚悟はしていた。

堤さんがあんな態度だったし、たった一カ月で何も知らない俺を、秘書室に入れるぐらいにしようというのだから、学ぶことはいっぱいあるだろうと。

でも、自分としては、普通に礼儀は心得ているつもりだった。

言葉遣いとかも、ちゃんとしてるつもりだった。

就職活動の時に、大学でも研修を受けたし、父親にもチェックしてもらっていたし。

けれど、宮下さんのチェックは、もっと細かく、実践的なもので、俺の持っていない知識ばかりだった。

電話の取り方、話し方。

座敷で座る場合の席順は？　タクシー等車での席順は？

名刺の交換の仕方、受付での挨拶の仕方。

更に廊下の歩き方、ドアの開け方、等々、事細かい所作まで。

初日は遅くから始めたので、二時間程度だったが、翌日からは朝九時から夕方の五時までみっちりと教育されることになった。

今まで、そんなに長く拘束されることなどなかった自分にとって、それはなかなかに辛いことでもあった。

会社員になればこれは当然のことだから、それに慣れるための準備と思っておこう。

というわけで、俺の一日は、朝、食事をしたらビジネススクールでびっしり教育され、戻ってきたら部屋の片付けと夕飯を作って食べて、夜に巴さんとメール。

慌ただしくも忙しい。

その間に、卒業式と謝恩会。

この二つは学生の務めとして認められ、授業はお休みだったので、思いきり羽を伸ばすことができた。

華やかな場所で、久々に会う友人達の顔を見るとほっとする。

中には、俺のように既に研修に入ってるやつもいた。

「最後の春休みと思ってたのに、アテが外れたよ」

とボヤく友人は、外資の会社に入ったため、四月までに英語教育をみっちりやらされるらしい。

「それなりに喋《しゃべ》れると思ってたけど、ビジネス用語は全然でさ。学生時代より今の方が真面目に勉強してるんじゃないかってくらいだ」

「俺はビジネススクールに通わされてる」

「社会人って、大変だよなぁ」

お互いを慰め合い、せめて今日だけはと一息ついた。

だが、翌日にはまたスクール通い。

母親が作ってきてくれた料理も底をつき、自分でも調理をしなければならなくなると、やるべきことがまた一つ増えてしまった。

一人暮らしに、憧れはあった。

でも、こんなにもすることが多いとは思ってなかった。

広い部屋は掃除も大変だし、風呂だって自宅のものより洗う場所が多い。

料理をする前には買い物だってしなければならないし、簡単なもので済ませたいと思っても、野菜を取らなきゃとか、健康面にも気を遣う。

自分一人だけで住むのなら、もっと手抜きをしていただろう。

だが、これはいずれ巴さんと住むための予行練習なのだと思うと手が抜けない。

彼がやってきた時、部屋が汚かったらがっかりされてしまうだろう。

インスタント食品のパッケージが山盛りだったら、呆《あき》れられてしまうかも。

今更ながら、母親って偉大だな、と心から感謝した。

今日も、たっぷり宮下さんに扱《しご》かれ、肉体というより精神的にクタクタになって戻る一人の部屋。

もう今日はインスタントラーメンに野菜炒めを付けるだけにしようかな。

料理も覚えたいけど、覚えてる時間がないから、レパートリーも少ないし。

「こんばんは」

そんなことを考えながらスーパーのレジ袋を提《さ》げてエレベーターを待っていると、突然背後から声をかけられた。

振り向くと、このマンションで唯一の知り合いである高坂さんが立っていた。一回しか会ってないのだから、知り合いというのもおこがましいけど。

「こんばんは」

ぺこりと頭を下げ、挨拶する。

「買い物かい?」

視線がレジ袋に向けられる。

「はい」

「自炊してるの?」

「はい」

「へえ、偉いね。料理上手いんだ？」

「とんでもない。始めたばかりで、まだ全然です」

「そうなんだ」

エレベーターに乗っても、彼は親しげに話し続けた。

「親戚のお兄さんと二人暮らしだっけ」

「えー……、はい」

「今、返事に間があったね」

鋭いなぁ。

「親戚ではあるんですけど、仕事の上司でもあるので」

正直に言ったのは、いつか俺と巴さんが話をしている時、俺が敬語だとおかしいと思われるかも、と心配したからだ。

それに、隠すほどのことでもないし。

「上司って、君、幾つ？」

「二十二です」

「え？　あ、そうなんだ。まだ十代かと思ってたよ。でも、二十二じゃ大学生なんじゃないのかい？」

「今年卒業しました」

「あ、そうか」

エレベーターはすぐに到着し、右と左に別れる。

……はずだったのだが、玄関のドアを開けたところで、高坂さんがもう一度声をかけてきた。

「君、名前何だっけ」

「広江です」

「広江くん、料理始めたばかりだって言ったね。よかったらうちに料理の本があるから、貸してあげようか？　何だったら、あげるよ」

「いいんですか？」

「前に友人が置いてったんだけど、俺は使わないから」

友人……、じゃなくて彼女だな、きっと。

でも料理の本があるとありがたい。自分でも買おうと思っていたところだったから。

「もしいただけるなら、是非」

「じゃ、荷物置いておいで」

「はい」

俺はドアを開け、玄関先に袋を置くと、すぐに戻って彼と共に彼の部屋へ入った。

「今持ってきてあげるから、ここで待ってて」

「はい」

玄関の造りはうちと一緒だが、インテリアが違う。

俺達の部屋は、まだ物が少なくシンプルだが、彼の部屋は、玄関先に大きな姿見や額装したイラストなどが飾られている。

照明器具も違っていた。

こういうのは、オプションなのかな。

「はい。どうぞ」

戻ってきた高坂さんが本を差し出したが、俺の目は彼の胸に釘付《くぎづ》けになった。

「それ……」

白いふわふわとした塊。

「ああ、こいつ？　ブランシュっていうんだ」

猫だ。

しかも真っ白な、美猫。

「あの、撫でてもいいですか？」

「いいよ。猫好き？」

「はい。凄く」

俺は本より先に猫を受け取った。

柔らかくて温かい。

ああ……、黒砂を思い出す。

黒砂は真っ黒な猫だったけど、腕の中の猫は真っ白。

それでも猫だというだけで嬉しくなってしまう。

「ブランシュって、白って意味ですか？」

「うん。真っ白でオッドアイって珍しいだろう。そこが気に入っててね」

「オッドアイ？」

「ヘテロクロミア？　右と左と目の色が違うんだ」

言われて見ると、本当にそうだった。

右が金で、左が薄いブルーになっている。

「珍しいですね」

ブランシュは、撫でてやるとゴロゴロと喉《のど》を鳴らした。

「そいつ、あまり人に懐かないんだけど、君には甘えるみたいだね」

「そうなんですか？　凄く懐っこいのに」

「珍しいよ。俺でも時々逃げられる」

「へえ……」

もしかして、俺が一度黒砂を身体の取り込んだことがあるから、猫っぽい気配でもしてるんだろうか?

理由は何であれ、猫に懐かれるのは嬉しい。

頬《ほほ》を擦り寄せると、柔らかな毛皮が心地いい。

早く、黒砂もこの手に抱ければいいな。

そうしたらこんなふうにぎゅっとしてやれるのに。

「そんなに猫好きなら飼えばいいのに。もう飼ってるのかな?」

「いいえ、まだ飼ってません。生まれたら飼う予定の猫がいるので、それまで我慢します」

俺はブランシュの温もりを堪能してから、そっと床へ下ろしてやった。

でもまだ名残惜《なごりお》しいのか、猫は俺の足に身体を擦り寄せてくる。

「驚いたな。そいつ、本当に君が気に入ったみたいだ。もしよかったら、今度ゆっくり遊びに来ないか?」

「え?」

「いつもこれぐらいに戻るんだろう? それなら、明日にでも、一緒に食事に行こうか。猫もいいけど、まず俺とも友達になろう。こいつがこんなに気に入った君に興味が湧《わ》いた」

「でも……」

「ご近所付き合いってことで」

「あの……、食事をご一緒するのはいいんですが、俺はそんなにお金がないので、高い店には行けないんです」

ここは正直に言うしかないよな。

研修中でまだ給料ももらってないし、交通費と食費だけでも結構な負担なのだ。

高坂さんの暮らしぶりから見て、きっと高級な店に連れて行かれるだろう。でも俺にはそこで支払うほどの余裕はないのだ。

「こんなところに住んでるのに？」

やっぱりそう思ってたか。

言ってよかった。

「ここは本條さんの持ち物なんです。俺は間借りしてるだけで。だから、俺はあまりお金持ちじゃないんです」

高坂さんは引くかと思ったが、なるほどというように頷くとにっこり笑った。

「わかった。じゃ、奢《おご》るよ」

「とんでもない。そんなことできませんよ」

「お兄さんには奢ってもらうんだろう？」

「いいえ。そういうの別です」

というか、まだ全然一緒に生活してないんだけど。

「ふぅん……。広江くんは真面目なんだね。でも一度くらい一緒に食事に行くのはいいだろう？　これから長い付き合いになるんだから、仲良くならないと。誘ったのは俺だから、俺が奢るのは当然だ。それとも、俺とは付き合えない？」

「そんなことないです」

「じゃ決まりだ。家に戻ったらすぐに訪ねてきて。来るまでずっと待ってるから」

「でも……」

「はい。じゃ本。俺は用事があるから、また明日ね」

断ろうと思ったのに、本を渡され、『用事がある』と言われては、それ以上長居をするわけにはいかない。

「あの……、本ありがとうございました」

笑顔に送られ彼の部屋を後にすると、思わずため息が漏れた。

どうして、俺の回りにはイケメンの金持ちが多いんだろう。

自分が本当に凡人だなぁって痛感してしまう。

ビジネスマナーの方も注意が多いし、巴さんとも会えないし、実家にもこんなに早く戻るわけにはいかないし。

部屋に戻ると、広過ぎる部屋に孤独感が募る。

会いたいって、言えればなぁ……。

でも巴さんは、ここに引っ越して来るために一生懸命なんだろうし。それを邪魔したくない。

俺はスーパーの袋を持って、キッチンへ向かった。

今日のところは、ブランシュを抱けたことで満足しよう。

柔らかな温もりの名残で、心を癒やそう。

「……今日だけ、インスタントラーメンにしよう。明日から、明日からは絶対ちゃんと料理するから」

言い訳しながら、俺は非常食用に母親が買って置いてってくれたインスタントラーメンを取り出した。

まだ三月に入ったばかり。

四月はまだまだ遠いぞ、と自分に言い聞かせながら。

「無知だが怠惰《たいだ》ではない、というのはいいことです。君は知らないことは多いようだが、吸収は悪くありません。このまま頑張ってください」

講義の終わり、いつもはしかつめらしい宮下さんにそう言われてちょっといい気分だった。

「お金持ちのお坊ちゃまにしては、真摯《しんし》だし」

「私は金銭的に裕福な家の生まれというわけではございません」

講義が終わっても、言葉遣いには注意、だ。

「おや、そうなんですか？」

「私の父は普通のサラリーマンです」

「しかし、本條の人間なのでは？」

またそれか。

「私の母は本條の分家の出だそうですが、今は広江の家に嫁いで、本條とのかかわりはあまりないと思います」

「ふむ。そうかね。では私は少し誤解していたようです。今度もう少し君の話を聞かせてもらった方がいいかも知れませんね」

「私が本條の人間でも、そうでなくても、学ぶべきことは学ぶべきだと思いますので。どうぞ今まで通り厳しく教えてください」

もし宮下さんが、俺が本條の人間だから教えようとしていたのなら、そうでないと思った途端手を抜かれてしまうかも知れない。

でも、俺は巴さんに相応しくなりたいのだ。

「もちろんです。人の出自で態度は変えません」

「失礼いたしました」

俺は素直に謝罪し、今日の講義を終えた。

俺の入社の仕方が特殊だから、宮下さんだけでなくきっとみんなが誤解しているだろう。

俺が本條の本家にかかわりのある、いいとこのお坊ちゃまだって。

まあ、本家の主の妻といえば妻なのかも知れないが、そんなの誰にも言えないし、セレブな暮らしなどしたこともない。

何より自分は研修中の新入社員以外の何ものでもないのだ。

「高坂さんも、きっと誤解してるんだろうなぁ」

昨日一応言うだけのことは言ったけれど、あんな豪華なマンションに住んでいながら、実家はまだローンも残ってるなんて、信じてもらえないだろう。

部屋に戻って荷物を置いてから、高坂さんの部屋のインターフォンのボタンを押している時も気分は重かった。

「おかえり」

ドアが開くなり、高坂さんがそう言って迎えてくれる。

『おかえり』か……、このセリフ、巴さんで聞きたかったなぁ。

「あのお約束の……」

「ああ。すぐ行こう。予約してあるんだ」

「あまり高級な店には……」

「わかってる。広江くんがそう言ってたから、鳥鍋の店にしたよ。お鍋なら、そんなにかしこまってなくていいだろう？」

「鳥鍋、ですか？」

「老舗《しにせ》でね、古びてるんだけど、味は抜群だよ」

鍋ぐらいなら大丈夫かな？

「歩いて行ける場所なんだ。行こうか」

「はい」

てっきり、外車でフランス料理か何かへ連れて行かれると思って気が重かったのだが、向かったのはマンションから歩いて十分くらいのところにある、傾きかけた古いお店だった。

予約、なんていうから料亭みたいなところを想像したけれど、席は大きな座敷を衝立《ついたて》で仕切っただけのもので、隣にはサラリーマンらしいグループが座っていた。

「俺はね、もっといいところへ連れてってあげてもよかったんだけど、恐縮されちゃうと困るから」

この人は、俺が金持ちじゃないって言った言葉をちゃんと聞いてくれたのか。

「コースでいいよね？　コースにすると、シメの親子丼が美味いんだ。デザートにはプリンも付くんだよ」

「親子丼もプリンも好きです」

「それはよかった。ああ、足は崩していいからね」

彼が手を上げると、威勢のいい返事をして和服の女性が近づき、すぐに料理の支度を始めた。

浅い鉄鍋で作られる、すき焼き風の鳥鍋と小鉢の料理。

いい匂いがすぐに漂い、空きっ腹を刺激する。

とき卵に付けて食べる鍋は、とても美味しかった。

だが何より、明るく軽妙な口調で話しかけてくれる彼との食事は楽しかった。

自宅で暮らしていた自分にとって、一人きりの食卓というのは、思っていた以上に寂しかったらしい。

食べながら話をする。

人の顔を見てものを食べる。

それって、凄く大切なコミュニケーションだったのだ。

「広江くんは金持ちじゃないって言ってたけど、借金とかあるの?」

「そんなもの、ありません」

「じゃ、『普通』なんだね」

このクラスの人達の『普通』ってどの程度なんだろう。

「何が普通かはわかりませんけど、多分一般的ではあると思います」

「どうして親戚のお兄さんと同居することになったの？」

「仕事先が一緒ですし、巴さんが上司に当たるので」

「巴？　本條って名前じゃなかったっけ」

「巴は下の名前です。そっちの方が慣れてるので、つい」

「ああ、親戚だものね」

嘘ではないけど、微妙に真実でもない。

最初は『本條さん』がいっぱいいるところで出会ったから、というのが真実なのだ。

「高坂さんは、猫何匹飼ってるんですか？」

その説明をすると長くなるので、話題を変える。

「一匹だけだよ。ブランシュだけ」

「可愛いですよね」

「ハンサムだろ？　血統書付きらしい。知り合いがオッドアイは珍しいっていうから、ステイタスになるかなと思ってもらったんだ。本当なら何十万もするらしい」

「何十万？」

猫一匹の値段とは思えない。

でも、最近はペットブームだから、血統書付きならそれぐらいが当たり前なのかも。

「人に懐かないところが気に入っててね。結構可愛がってるんだよ」

「いいですよねぇ。俺も早く飼いたいな」

「広江くんは本当に猫が好きなんだね」

「好きです」

勢い込んで答えてしまうと、彼は少し吹き出すようにして笑った。

「君、可愛いなぁ」

「子供っぽいってことでしょう」

「いやいや。本当に可愛いなって思ったのさ。また明日も一緒にご飯食べない？」

「割り勘で、安い店なら」

「俺、安い店とか知らないんだよね。いいじゃないか別に食事ぐらい」

「だめですよ。親しくなるなら、そういうところをちゃんとしないと。俺には返せるものがないので、もらうばかりになるのが怖いです」

それでなくても、巴さんからもらうばかりで心苦しいのに、この上お隣さんからまでもらうようになったら、俺って惨めじゃないか。

対等でありたいなら、最低限のマナーは守るべきだ。

でも、気分を害させたかな……。

不安になって、高坂さんを見ると、彼は暫く黙っていたが、いいアイデアが浮かんだというようににっこり笑った。

「返せるものがあればいいのか。それじゃ、料理差し入れてよ」

「料理？」

「昨日あげた本の中で、よさそうなの作って、差し入れてくれればいいよ。君の練習にもなるだろうし、一食は一食だろ？」

「それはまあ……、そうですけど」

「お金を払うことより、手作りの方が価値がある。何だったら、それを二食分にカウントしてもいいくらいだ」

「でも……」

「俺も一人暮らしで寂しいんだ。ブランシュは可愛いけど、喋ってくれないし」

「わかります。一人の食事って味気ないですよね」

ふっと沈んだ表情を見せたので、思わず同意を示してしまう。

「だろう？　じゃ、決まりだな。明日は俺が誘って、あさっては広江くんの手料理だ」

そこまでOKしたわけではないのだけれど、同意を示しておきながら断る、なんてことはできなかった。

自分も、こうして人と食卓を囲むことは楽しかったし。

「……わかりました。じゃ、そうしましょう」

「よかった。じゃ、明日は何が食べたい？」

「何でも、高坂さんの好きなものでいいです。俺、好き嫌いはないので」

「そう言うと思った。広江くんは素直な子だものね」

「子供じゃないですよ」

「わかってる。君は立派な社会人だ。ただ、俺よりは年下だけどね」

嬉しそうににこにこと笑う顔を見てると、仕方ないなぁと思ってしまう。

強引だけど、どこか憎めない。

巴さんは、穏やかだけれど、本当に大人だなぁと感心するけれど、この人は時々子供っぽいところも見せる。

だから、憎めないいんだろうな。

「俺の好みに任せると言ったんだから、どこへ連れて行っても文句はナシだよ」

そう言う顔も、どこか勝ち誇った子供のようだった。


高坂さんとの食事を終えて部屋へ戻ると、巴さんからのメールが入ってることに気づいて慌てて返信した。

騒がしい店だったから、気づかなかったのか。

『メール、気づかなくてごめんなさい。お隣の人と仲良くなって、食事に行ってました。明日もお隣さんと食事に出るので、夜は外にいます』

巴さんからの返信はすぐだった。

『友人ができるのはいいことだけど、少し妬《や》いてしまうな。なるべく早く時間を作ってそっちに行くよ。いい知らせもあるしね』

別にお隣さんと食事したくらいで妬くことはないと思うけど、それで彼が来てくれる気になってくれるなら嬉しい。

嬉しい知らせって何だろう?

ひょっとして、予定より早くこっちへ来られるってことかな。

『いい知らせって何ですか?』と訊いてみたが、返事は『まだ秘密』だった。

ちょっと残念。

でも、早いうちに来るって言ってくれたし、この寂しい一人暮らしが終わる日も、そう遠くないのかも。

翌日、ビジネススクールに向かうと、宮下さんはいつもの講義の前に、俺について幾つか訊きたいことがあると言い出した。

「大変失礼ながら、私はあなたのことを詳しく知らされておりませんでした。ただ堤様から、新人を厳しく教育してもらいたいという依頼を受けただけでした。いずれ本條グループの甘やかされたお坊ちゃまがやってくるのだろうと思っていたのです」

デスクを挟んで向かい合う、二人きりの部屋。

相変わらず丁寧で静かな口調。

自分の父親ほどの人から丁寧な口調で語りかけられるのにも、やっと慣れてきた。

「私は、本條グループとは関係はございません」

そして、自分がバカ丁寧な言葉で喋ることにも。

「そのようですね。ではどうして、本條の会社に入社することになったのですか？」

その質問はいつも鬼門だ。

事実を話すことができないから。

「私もよくわかりません」

と言うしかない。

「本條の関係で入社できたことは確かだと思います。本来なら、別の会社に入るはずだったのですが、巴様の世話役に、ということで白帝に行くように言われたのです」

「他の会社に入社が決まっていたんですか？」

「はい。就職活動は普通にしておりまして、内定をいただいた会社がありました。ですが、こちらに来るようにと命じられてそのようにいたしました」

「そちらにも秘書職で？」

「いいえ。営業職のつもりでした。秘書になることは考えたこともございませんでした」

宮下さんは、難しい顔で考え込んだ。

「お父上は普通の会社員ということでしたが、どちらにお勤めで？」

「保険会社です。本條の方が大株主になっている、とは聞かされておりますが、系列ではないそうです」

「お母様は分家だったのですね？」

「はい。でも本当に、子供の頃からお盆などで足を運ぶくらいで、本家との親交はありません」

「経済界や政界などに繋がりは？」

「全くございません。父は、結婚するまで母が本條の者とも知らず、上司からお祝いを言われるまで、本條の家自体がそれほどの家だとは知らなかったようです」

ただ、その後で色々調べはしたようだけれど。

「こんな言い方は卑下《ひげ》しているように聞こえるかもしれませんが、我が家は一般的な庶民だと思います」

一度関係者にそこのところをきっちり伝えたかったので、いい機会だと思った。

「堤様は、私が本條の中枢にいるように誤解なさってるようですが、私は本條についてはあまり知らないのです」

「なるほど、わかりました。あなたは本條の意向で動かされた駒、ということですね」

いや、それも違う。

多分巴さん以外は俺が彼の側にいることを望む人はいないだろう。

でもそれを何と言って説明すればいいのか……。

「私は、恐らく本條の方々にとって、取るに足りない存在だと思います」

「そうでもないでしょう。社長室に配属されるくらいですから。ただあなたにその意図が読み取れないだけでしょうね」

そうだよなぁ。

知らない人から見たら、俺が社長室に入るのは、きっと『何か理由がある』と勘ぐられることなんだろう。

「あの……、私からも質問してよろしいでしょうか？」

「何でしょう？　答えられることでしたらお答えしましょう」

珍しくプライベートな会話が続いたので、俺は訊きたかったことを口にした。

「堤様は、どういった方なのでしょうか？」

その質問をすると、微かに宮下さんの眉が動いた。

「大変優秀な人間です。彼も私が教えましたが、秘書としてはトップクラスです」

「巴様とは親しいのでしょうか？」

そう。

俺が知りたいのはそこだ。

だって、あの人がもしも巴さんを好きだったら、恋のライバルになるわけだし。

「堤さんは、巴さんがスカウトなさったのです。身近に置く人間が本條の人間のスパイでは困るからと、わざわざ血縁のない人間を選んで」

「ス……スパイですか？」

秘書は感情を表に出してはいけないと言われていたのに、俺は思わず大きな声を出してしまった。

案の定、宮下さんに睨まれたが、驚かずにはいられない。

「だって、巴さんは主でしょう？　何をスパイするんですか」

「彼が当主として一番上にいるからこそ、彼の動向を気にする者がいる、ということです。彼の望みを叶えるために動こうとするには、彼が何を望んでいるかを知る必要があります。また、自分の所属する一族に利益を誘導するため、彼に偽の情報を流すこともあるでしょう。そのようなことを避けるために、血縁関係のない人間を選ばれたのです」

なるほど……。

巴さんに害をなすためではなく、自分達が上手く立ち回るために、ということか。

自分の身内にすら心を許すことができずに過ごしている巴さんが、可哀想だった。

「あなたはまだ誰からもそのような話を持ちかけられてはいらっしゃらないようですから、先に申し上げておきます。誰かが何かを言ってきたら、すぐに堤さんに報告しなさい。そして、どのような利益を提供されてもお断りしなさい。もしそれができず、情報漏洩などが知れたら、すぐに職を解かれることになるでしょう」

「はい。絶対にそうします」

「いい返事です。では、今日の講習を始めましょう。本日はパーティでの過ごし方です。まず、こちらが主催である場合には、社長と共に行動するよりも、お客様の様子に気を配るようにして……」

俺は極めて普通の男だった。

貧乏ではないが、金持ちでもない。

家柄だって、本條のことがなければ一生無縁な話題だったろう。

だから、巴さんと出会った時、彼が一族の全てを背負って、あの若さで当主をしているのは大変だろうなぁと思った。

それは、責任がのしかかってくるからというものだった。

自分が決めることが、他人の生活を左右するというのは辛いだろうと。

でも、それだけではないのだ。

彼が沢山のものを持っているから、それを求めて来る人がいる。

巴さんは真面目な人だから、全ての人を平等にしようと心掛けるだろう。でも、他の人と同じでは満足しない人もいるのだ。

本條の屋敷の中では、皆が巴さんに従っていて、彼を立てるようにしていたから気づかなかったけれど、東京では違う。

当主の座は、系譜で決まるからその座を奪おうと考える人は少ないかも知れない。

でも、彼を自分の意のままに操ろうとする人はいるのだ。

たとえば、お見合いを薦めてくる親戚。

俺が初めて屋敷に行った時にも、そんな話題は出ていた。

自分の娘が巴さんの妻になれば、自分の言うことを聞かせられると思っていたのかも知れない。

宮下さんが言ったように、自分に都合のいいことばかり吹き込もうとする人や、巴さんの態度や言葉から、自分に利益がありそうなことを探り出そうとする人もいるだろう。

平等でありたいと願えば願うだけ、巴さんはそういう人達、つまり自分の身内を疑ったり警戒したりしなくてはならないのだ。

それはどんなに辛いことか。

堤さんがもしも巴さんを好きだとしても、俺には彼を遠ざけろとは言えない。

巴さんにとって、彼がどれだけ大切な人か知ってしまったから。
できれば、仲良くなりたい。
一緒に巴さんを守りましょうと言えたらいいのに。
黒砂も、こんな気持ちだったのかな。
大好きな主を守るために、主が選んだ奥方と力を合わせましょうと言った黒砂。
少しずつ、いろんなことが見えてくる。
しっかりしなくちゃ。
わからないとか知らないとか言ってる場合ではないのだ。
巴さんの側にいたいのなら、俺はいろんなことを学ばなくては。
何せ、俺は彼の花嫁なのだから。
これがきっと、男としての俺の花嫁修業なのだ。

その日の夜、高坂さんが連れて行ってくれたのは、イタリアンレストランだった。
飾らない感じだったが、前日の鳥鍋屋と違って、随分とお洒落な店だった。
出て来る料理も小洒落《こじゃれ》ている。

メニューを見ても、魚介のカルパッチョぐらいならわかるけれど、豚肉のカルピオーネとか小エビとアボカドのセビーチェって何なのか……。

「ここのゴルゴンゾーラチーズのリガトーニが好きでね。パッパルデッレパスタの、鶏肉のラグーソースも美味しいよ」

と言われてもわからなかったが、出てきたのを見ると、チーズを入れたマカロニの太いのと、平打ち麺のミートソースみたいなものだった。

名前はわからなくても料理は格別だった。

「美味しい。こんなの食べたことないですよ」

会話も楽しかった。

高坂さんは、マンションの近くにある美味しい店や、珍しい品物を置いてるスーパーとかを教えてくれた。

引っ越してきてから忙しくて、駅から真っすぐ部屋へ戻るだけの生活だったので、買い物は専ら駅前の大きなスーパーだけだったけれど、駅から離れた場所には色々なセレクトショップもあるらしい。

「猫好きだって言ってただろう？　今度猫カフェ行かないか？」

「ちょっと遠いからドライブになるけど、湾岸に大きなペットショップがあるから、今度行ってみない？」

「ひょっとして水族館も好き？　クラゲの展示の面白いところ知ってるんだけど」

高坂さんは、ソツのない人なんだと思う。

よく言えば。

悪く言うと、タラシなんじゃないかな。

俺が越してきたばかりの一人暮らし（今のところ）だから、食べ物の店やスーパーの話をしてくれる。

俺が猫が好きだと言ったから、それに関係する話題を持ってきてくれる。

イケメンで金持ちで気が回る。

俺が女の子だったら、すぐにでもボーッとなるんだろうな。

料理の本をくれた時、友達が置いていったと言ったけど、きっと彼女だと思った。彼女が『置いていった』のなら、きっと高坂さんは彼女と別れてしまったのだろう。

いかにもモテそうな彼が俺を誘うのは、失恋の痛手からで、一人でいるのが嫌だからなのかも。

だとしたら、彼と共に過ごすのは、彼を慰めることになるのかもしれない。

「親戚のお兄さん、全然姿が見えないね」

「仕事が忙しいんです。そういえば、高坂さんは何してらっしゃるんですか？」

「俺？」

「スーツ姿を見たことないので、会社員じゃないとは思うんですけど」

今日も、クリスタルの付いたスカルのシャツで、なかなかファッショナブルだ。

「会社員だよ」

「え？　そうなんですか？」

「正確には会社役員、だ」

「そんなに若いのに？」

「父親が会社を経営しててね。肩書きは一応そこの役員。でもその他にも、イベント企画やったり、自分の仕事もしてる」

「イベントってコンサートとかですか？」

「そう。ライブとかね。だから芸能人にも知り合いが多いんだ」

「へぇ、凄い」

「今度会わせてあげようか？　誰でもってわけじゃないけど、大抵のヤツなら都合つくと思うよ」

「いえ、今はまだ忙しいのでそんな時間はないです」

「でも会いたい人ぐらいいるだろ？」

「『レザック』かなぁ。ライブとか行ってました」

「ああ、四人組のバンドだろ？　じゃ今度ライブのチケット、手に入るか訊いといてあげるよ」

「ホントですか？　結構入手困難チケットですよ」

「確約はしないけどね」

高坂さんは、ザ・金持ちって人だな。

庶民の俺が思い描くお金持ちのイメージそのまま。

ただイメージと違うのは、親しみのあるところだろう。

お金持ちって、もっと鼻持ちならないのかと思っていた。

明るくて、話しやすくて、楽しい人だ。

「明日は、広江くんの手料理だね」

「あまり期待しないでください」

「期待するさ。ああ、ちゃんと味見をしてから持ってきてくれよ？」

「もちろんです」

「料理するの初めて？」

「実家でやってましたし、家を出ることが決まってから母からみっちり仕込まれました」

「じゃあ、安心だな。あ、俺、不味《まず》かったら不味いって言う方だから。怒らないでね」

「言ってもらった方が気が楽です」

「広江くんは、素直でいいねぇ」

翌日は土曜だったので、軽く白ワインをグラス一杯だけ飲んだ。

「お酒、弱い？」

「いいえ。ただ好きじゃないだけです」

「今時の子だなぁ」

「高坂さんは好きなんですか？」

「好きだよ。部屋にワインセラーもある。明日来たら飲ませてあげようか？」

「高坂さんのワインならきっと高いんでしょう？　味のわからない俺なんかが飲んだらもったいないですよ」

「弱いわけじゃないって言ったけど、どれくらい飲めるの？」

「ビールとか、サワーとかだったら三、四杯かな？　でも飲んでる間にお腹いっぱいになっちゃうんで」

「強いお酒は飲まないの？」

「舌に合わないんでダメです」

「そうか」

俺とお酒を飲むことを期待してたのかな。

だとしたら申し訳ない。

でも、付き合いとかコンパでは飲むけど、自分からお酒を飲みたいとは思えないのだ。

「いいワインは、味のわかる彼女でも作ってから一緒に飲むといいですよ」

新しい恋を……、というつもりでそう言うと、彼は皮肉っぽく唇を歪《ゆが》めた。

「わかりもしないのにワインの味について語る女とか、好きじゃないんだよね。やっぱり『美味しい』『凄い』って言ってくれるだけの、シンプルな反応の人間が好きだな」

意外だな、銘柄にこだわりそうなタイプなのに。

「その点、広江くんは素直に驚いてくれるから好きだな」

あ、わかった。

相手を驚かせられる、知ってる自分が好きなんだ。

高坂さんって、絶対サプライズとか好きなタイプだろうな。

「俺のことは気にせず、高坂さんはどんどん飲んでいいですよ」

昨日に引き続き、今夜も楽しい食事だった。

お酒は入ったけれど、歩いて帰れる距離だったし、高坂さんは悪酔いするほど飲まなかったので、一緒に部屋の前まで戻り、そこで別れた。

「明日、楽しみにしてるよ。仕事あるの？」

「いいえ」

「じゃ、ランチにしよう。それなら、あまり凝ったものじゃなくていいだろ？」

「頑張ります」

ドアを閉めると、また重い空気を感じてしまう。

人のいなかった部屋は、暗くて寒い。

早く『ただいま』と言い合う人が来てくれるといいのに。

翌日は休みだから、俺は着替えると風呂に入らずそのままベッドへ潜り込んだ。

翌朝。

起きてからシャワーを使い、さっぱりして目を覚ましたら、約束の料理だ。

朝からもらった本の料理をひとつずつ吟味《ぎんみ》して、自分に作れそうで、高級志向の高坂さんが喜びそうなものを探した。

巴さんと暮らしたら、やっぱり俺が料理するのかな？

彼は自炊できると言っていたけれど、腕前がどの程度かわからない。

巴さんが料理なんて、ちょっと想像しがたい。

あの人の場合は、テーブルに着くと、誰かが立派な料理を運んでくるっていうイメージがあるんだよな。

でも、巴さんのエプロン姿ってちょっと見てみたいかも。

ギャルソンエプロンでキッチンに立つ姿はかっこいいだろうな。

などと妄想しながら頑張って料理を始めた。

作るのはラザニアだ。

高坂さんのくれた本は、イタメシの本で、しかも結構本格的なものが多かった。どうやら、彼はイタメシが好きで、元カノは料理が得意な人だったらしい。きっと、スレンダーな美人で、ワインにも詳しい女性だったんだろうな。

俺が自宅で作っていたのは、焼き飯とかパスタとかだったし、インスタントのものを多用してだった。

母親から習ったのは、巴さんに食べさせるためなので和食が中心。

なので、頑張って探して、何とかできそうだと思ったのはこのラザニアぐらいだった。

多分、自分が食べるためだったら、ボロネーゼソースはレトルトのミートソース、ベシャメルソースは缶入りのホワイトソースで代用しただろう。

だがソースぐらいはちゃんと作らないと、最後に耐熱皿に材料を入れてオーブンで焼くだけなのだから。

ニンニクやタマネギをみじん切りにしてオリーブオイルで炒め、ひき肉を入れ、角切りにしたトマトとトマトピューレを入れる。

本にはポルチーニ茸を入れると書いてあったが、手に入らなかったのでマッシュルームで代用した。

料理用のワインを入れて煮込んでる間にベシャメルソースを作ったのだが、あまり上手くいかなかったので、缶詰に逃げた。

耐熱容器に買ってきたラザニアシートと何とか作ったボロネーゼソース、出来合いのホワイトソースをミルフィーユ状に入れてって、最後に粉チーズを振って、自分の好みで溶けるスライスチーズを千切《ちぎ》って乗せて、オーブンで焼いた。

出来上がりは……。

初めて作ったにしては、まあまあだ。

これだけだと寂しいので、温野菜のサラダも作った。

ただ蒸して、バーニャカウダのソースをかけただけだけど。

準備万端整え、十二時過ぎてから料理を持って高坂さんの部屋へ。

チャイムを押すと、彼はすぐにドアを開けてくれた。

「いらっしゃい」

「大したものはできなかったんですが、ランチをお届けにあがりました」

「どうぞ」

部屋に入ると、すぐにどこからかブランシュがやってきて、俺の足に擦り寄る。

「ごめん、お前の分はないんだよ」

猫缶か何か買ってくればよかったかな。

「何作ってきたの?」

「温野菜のサラダとラザニアです」

「へえ、頑張ったね」

「頑張りました。見た目は悪くても、結構味は悪くないと思います」

猫を従えて部屋の奥に入ると、ここも内装は俺達の部屋とは全然違っていた。

鮮やかなグリーンのレザーソファが、三角形のテーブルの周囲に相似形を作るように置かれている。

一辺に置かれているものだけは長くて、寝そべれそうだ。

俺達の部屋はリビングとダイニングが分かれているが、ここと繋がっていて、一つの部屋になっている。

でも、少し俺達の方が広いかな？

壁にはクリムトの複製画が飾られ、その隣には立体的に額装された日本刀。

「これ……」

「ああ、刀？　ちょっとブームになったから、インテリアにしてみたんだよ」

「銃刀法とかに引っ掛かったりしないんですか？」

「これは美術品だから。そういう届けは出してるさ」

縦に飾った刀の額は黒と金で縁取られていて、窓のカーテンも黒と金。

気が付くと、明るい色の中に黒と金を使ったインテリアも多くある。

結構派手好きなのかも。

「座って。昼間だからワインというわけにはいかないだろうと思って、フルーツティーを作っておいたんだ。持ってくるよ」

彼が持ってきたのは、ガラスのポットに大きめに切ったフルーツがたっぷり入ったアイスティーだった。

「これならさっぱりしてるだろ?」

洒落てるな。

同じくガラスのカップを二つ持ってきて、紅茶が注がれる。

促されて、俺は一番長いソファに腰を下ろした。

「取り皿がいるな」

俺にアイスティーを勧め、彼は取り皿とフォークとナイフを持って戻り、俺の隣に並んで座った。

「さて、いただこうか」

かけていたラップを取り、立ち上るチーズの香りを嗅《か》ぐように彼が鼻を動かす。

「いい匂いだ」

「匂いだけじゃないといいんですけど」

一応端の方を味見した時は悪くなかったのだが……。

器用に切り分けながら取り出し一切れ皿に載せると、彼はすぐにフォークを取って端の方をすくって口へ運んだ。

ちょっと手抜きをしたところもあるが、不味くはないと思うんだけど……。

銀色のフォークに載ったラザニアが彼の口の中へと消える。

じっと見てると、彼は一口食べて顔をしかめた。

「ダメでしたか?」

失敗なのかな。

自信あったのに。

項垂《うなだ》れた俺を見て、高坂さんは笑い出した。

「びっくりするほど美味しいよ。もっと酷いのを食べさせられるかと思った」

「酷い。不味いのかと思ってドキドキしましたよ」

「ごめん、ごめん。広江くんがあんまり不安そうな顔で見てるから、ちょっとからかいたくなっちゃって」

フォークを置いて、俺の分も取り分けてくれる。

「ダメだった時のために、別の料理も用意してあったんだけど、必要なかったね」

信用されてなかったのか。

まあ、本格的料理本を持ってた彼女の料理を食べ慣れてたんなら、料理を殆どしてないと言ってる隣の住人の料理に不安を覚えるのは当然だな。

「広江くんはすぐ騙されるとこが可愛いな」

「すぐに騙されたりしません」

「味見してたんだろう？」

「それはもちろん」

「なのに、不味いと思ったの？」

「味覚は人それぞれですから」

料理の香りに誘われたのか、ブランシュがひょいっとソファに乗ってきた。

「お前も食べたい？」

高坂さんがラザニアの載ったフォークを差し出すから、慌てて止める。

「あ、ダメですよ。味が濃いものを食べさせちゃ」

本條にいる時に、注意されたのだ。

動物は人間と同じ物が食べられない。食べても、それが原因で死んでしまうこともあるから、人の食べ物を与えないように、と。

「冗談だよ。広江くんはすぐ反応するから楽しいな」

「子供扱いしてるでしょう。からかわないでください」

「からかってはいるけれど、子供扱いなんかしてないさ」

「してますよ」

「してないよ。大人だと思ってる」

「本当ですか？」

「本当さ。君は十分に大人だ」

二人の間にいたブランシュを抱き上げて床へ下ろし、高坂さんが近づく。

一瞬、何が起こったのかわからなかった。

唇に、柔らかく触れるもの。

この感触は……。

「何するんですか……っ！」

慌てて彼を突き飛ばして逃げると、驚いてソファから転げ落ちてしまった。

「い……、今、キスしましたよね！」

「うん」

別に大したことない、というように彼が頷く。

「『うん』じゃないでしょう！　俺は男なんですよ！」

「知ってるよ。どう見ても女の子には見えない」

「じゃ何だってキスなんか！」

「そう大きな声を出さなくても聞こえるよ。落ち着きなさい。君が可愛いなと思ってたし、大人だって言うなら、これぐらいはいいだろうと思ったからさ」

悪びれてない。

少しも悪いと思っていない。

「もしかして、ファーストキスだった？　それなら悪いと思うけど」

「ファーストキスじゃありませんけど、本人の意思も確かめないであんなことするなんて、失礼でしょう」

「たかがキスじゃないか」

しれっとした顔で言い切る。

……遊び人だ。

この人、絶対にプレイボーイだ。

「高坂さん、……ゲイなんですか？」

「別に。どっちでも。そういうのって気持ちの問題だよ」

その『気持ち』に相手のことは入っていないのか。

「そんなに警戒しなくても、お互い暇なんだし、ちょっと遊ぶぐらいいいだろう？」

こういうことを平気で言う人なのだ。

俺は後ずさりながら立ち上がり、戸口へ向かった。

「広江くん」

「俺は無理です。こういうことを遊びではできません」

「わかったよ。もうしないから、戻っておいで」

「すみませんが、今日はこれで失礼します」

「広江くん。本当にもうしないって」

「失礼します」

引き留めるために彼がソファから立ち上がるより先に、俺は脱兎《だつと》のごとく玄関へ向かって走り出した。

「広江くん！」

もうしないかも知れない。

強引にされたというより不意をつかれたというだけだったし、軽くだったし。

でも、もう二人きりではいられなかった。

だって、キスされたのだ。

男の人にだぞ？

確かに俺の恋人は巴さんで、男の人だ。

でも、それはあの人が好きになったから恋人になったのであって、キスするのだつて好きな人だからだ。

もし高坂さんが女性であっても、好きでもない人とキスなんかできない。

俺は慌てて自分の部屋へ戻ると、カギとチェーンをかけて自分の部屋まで駆け戻った。

優しい人だと思ったのに。

明るくて、付き合いやすい人だと思ってたのに。

あんなに軽い人だと思わなかった。

「キスするって、そんなに簡単なことじゃないだろ！　高坂さんにとって『たかが』でも、俺にはそうじゃないって考えないのか！　何がちょっと遊びだ」

もやもやした気持ちの持って行きどころがなくて、俺は枕を壁に投げ付けた。

「もう……。もうっ！」

煮えきれない怒りに声を上げながら。


考えれば、彼が軽い人間だというのは察しがついていたことだ。

いくらお隣さんとはいえ、すぐに食事に誘ったり。

その誘い方も慣れていたし、店のチョイスも会話の様子も、場慣れしている感じだった。

モテるんだろうな、とは思っていた。

ただその範疇《はんちゅう》が男性にまで広げられていると思っていなかっただけで。

金持ちって、節操がないんだろうか？

いや、巴さんはそんな人ではなかった。絶対違う。

金持ちだから、じゃなくてあれは高坂さん自身の問題だ。

油断した自分と、お軽い高坂さんの両方に腹が立つ。

巴さん以外の『男』とキスするなんて。

取り敢えず、昼食を食べそびれてしまったので、ラザニアを作った残りの食材でチャーハンを作ると、食べながらDVDを観て、苛立《いらだ》ちを紛らわせた。

でも、やっぱり頭の中からキスのことが消えない。

だってそうだろ?

ファーストキスじゃなくたって、好きでもない相手とのキスが簡単に忘れられるわけがない。それに、どうしてまた『男』なんだ。

街中でキスしてるカップルが多くなったって、ここは日本だ。

しかも、カップルはしたくてしてるんだからまだいい。

俺はしたくなかった。

巴さんと以外とは。

結局、DVDにも集中できなくて、ソファに横になって何もせず、時間を過ごした。

やがて日が傾き、窓から差し込む光がなくなって部屋が暗くなると、明かりを点《つ》けるためにもそもそと起き上がった。

その時、チャイムが鳴った。

この部屋に来訪者など来るわけがない。

もしかして高坂さん？

彼以外にいるはずがない。

出るべきか、無視するべきか。

悩んでいる間に、もう一度チャイムが鳴る。

……一応強引ではなかったし、これから長く住むお隣さんなのだから、出るだけ出るか。

直接会わずに、インターフォン越しで喋ればいいのだ。

そう思ってインターフォンのボタンを押した。

「はい」

少し怒った声で出ると、一瞬の間があってから声が響いた。

『群真くん？　開けてくれるかな？』

……巴さんだ！

「すぐ開けます！」

俺は返事をするのももどかしく、玄関に真っすぐ駆けてゆき、チェーンを外してカギを開けた。

「巴さん！」

ああ、巴さんだ。

本当に巴さんだ。

俺は思わず彼に抱き着いた。

「どうしたの？　随分な歓迎ぶりだね」

「だって、今日……」

隣の部屋の男にキスされてショックだったんです、と言いかけてやめた。

そんなこと、言えるわけがない。

俺が簡単に誰にでもキスされる軽い男と見られるかも知れない。いや、巴さんならそんなことは思わないだろうが、警戒心が薄いとか怒られるかも。

「……今日来るなんて聞いてなかったから」

好きでもない男に不意をつかれてキスされた、というのは彼には言えない、恥ずかしいことだった。

「驚かそうと思ったんだよ。でも、近々行くとは言っていただろう？」

優しく微笑んで頭を撫でてくれる巴さんを見ると、胸が熱くなる。

ああ、自分の好きな人が、誠実なこの人でよかったな、と思って。

「入っていいかな？　部屋が暗いけど、まだ明かりを点けないのかい？」

「ちょっとソファでうたた寝しちゃって、今点けようと思ってたところです」

早く入ってというように、彼の腕を取って中に引っ張り込む。

ドアをちゃんと閉めて、チェーンはしなかったが、カギはかけた。それから、彼に向き直ると、俺の目はその唇に向けられた。

巴さんの唇……。

「お土産が色々あるんだ。コーヒーでも……、どうしたの？」

上書きしたい。

忘れてしまいたい。

俺がキスしたい人はこの人だけだと確認したい。

「あの……、巴さんとキスしたいなって……。軽くでいいんですけど」

巴さんは驚いた顔で俺を見た。

我ながら唐突だったか。

「いや、ごめんなさい。コーヒーですよね。すぐ淹れます」

恥ずかしくなって奥へ戻ろうとする俺の腕を、巴さんが捕らえる。

「一人暮らしはそんなに寂しかった？　君が積極的になってくれるのは嬉しいな。私も、会ったらキスしたいと思ってたよ、ずっと」

腕が引っ張られて、その胸に抱かれる。

「ねだられると、群真くんが私のことを好きだって実感できる。できれば時々ねだって欲しいな」

手が頬に触れ、ゆっくりと近づいてから唇が重なる。

ああ、これが本当のキスだ。

大好きな人と近づきたいという気持ちが、その温もりを感じたいという気持ちがさせる触れ合いだ。

世の中がどんなに軽薄になろうと、キスなんて当たり前という時代になろうと、俺にはそういうのは無理だ。

いつまでも、キスは特別にしておきたい。

決して、遊びだからいいじゃんというものではないのだ。

合わせた唇は、ちょっとうっとりしてしまうほど濃厚で、離れるまでずっと優しく俺を貪り続けた。

「……腰が抜けそうです」

「キスが上手いって褒められたと思うことにしよう」

「上手いかヘタかはわかりません。他の人としたことないから」

そうだ。

あんな軽い、チョンと当たっただけのは、キスとしてはノーカウントだ。

「そそられる言葉だな」

「俺、男ですよ？」

「男でも女でも、好きな人に『腰が抜ける』なんて言われたら悪い気はしないよ」

俺を抱き締めていた腕が緩む。

見上げると、目が合って、急に恥ずかしくなって、彼から離れた。

「コーヒー、淹れますね。あ、荷物あるなら持って行きます。車で来たんですか？　運転し通しだったら疲れたでしょう」

自分から『キスしたい』なんて言い出したことが恥ずかしかったんじゃない。

彼が純粋に俺を好きでキスしてくれたのに、嫌なことを払拭するためにキスした自分が恥ずかしくなったのだ。

恥じらいではなく、恥を感じてしまった。

リビングの明かりを点け、キッチンでコーヒーを淹れて来ると、巴さんはソファに座っていて、ここに来なさいというようにその隣を指さした。

コーヒーの入ったカップを持ってそこに座ると、彼は俺の手からカップを取り上げてテーブルの上に置いた。

「何か、思うことがあるのかい？」

「え？」

ギクリとして巴さんを見る。

彼は真顔でこちらを見た。

「慣れない一人暮らしで寂しくなった？　辛かったら、一度実家に戻ってもいいんだよ？」

何も言っていないのに、俺がおかしいって気づいてくれた。

真剣な顔で、そのことを知ろうとしてくれている。

突然キスしてなんて言ったから、おかしいと思っただけだとしても、とても嬉しかった。

巴さんは、いつも自分の気持ちだけじゃなくて、俺の気持ちを考えてくれている。

「寂しくなかったとは言いません。こんな広いところに一人だけで暮らすのは、寂しくて不安でした。仕事も、まだ全然覚えられなくて、大変だなって思ってます。でも、実家には帰らない。巴さんと一緒にいたいんです」

「仕事は辛い？」

「仕事だなんてまだ呼べませんよ。勉強するばっかりで。それもちゃんとできてるかどうかわからないし」

俺は笑ったけど、彼は笑わなかった。

「群真くんを手元に置きたいというのは私のエゴだ。でも、仕事のできない人間を秘書に使うつもりはない。君ならできると思ったから決めたことだ。今は辛くても、きっと君なら上手くできるだろう」

「本当にそう思います？」

「思うさ。仕事は真剣勝負だからね」

この人の言葉なら信じられる。

皆のために、一族のために一人で頑張ってるこの人なら。

「……俺、秘書の仕事を覚えるのは花嫁修業だと思うことにしたんです」

「花嫁修業？」

「おこがましいけど、巴さんの側にいて、巴さんの役に立ちたいって思うから。仕事であなたを支えるのはもっとずっと先の話かも知れないいけど、俺の前では気を張らないでいいんだって思えるようになって欲しくて。上手く言えないけど、息抜きのできる場所になりたいっていうか……。女の人だったら、家にいて、家を守るっていうのが仕事なんでしょうけど、俺は本当の奥さんじゃないから、家のことには口出しできないでしょう？　だから巴さんのことだけ考えて、巴さんが気持ちよくするっていうか、仕事に専念できるようにしたいっていうか……。多分、仕事は堤さんのができるんだろうけど、俺は俺なりにできることがあればいいなって思って、それを学ぶのが花嫁修業かなって……」

心の中では、しっかりとしたビジョンがあった気がしていたのに、言葉にしようとすると上手く考えがまとまらない。

でも、巴さんは静かに頷いてくれた。

「ありがとう」

「……意味、わかります？」

「わかるよ。ちゃんとわかる。群真くんは私を『本條の主』じゃなく、本條巴として支えたいと思ってくれてるんだね」

「支えるなんて……。そんな大それたことは考えてないですけど、俺といる時ぐらい、肩の力が抜けるといいなって」

巴さんは、また俺を抱き締めた。

「群真くんがいるだけでもいいんだ。何も求めずに、私のことを想ってくれてるだけで。だから、それ以上をくれようと努力してくれて、嬉しいよ」

でも腕はすぐに離れてしまった。

「密着してると、大切な話ができなくなるから我慢だな」

自分からも腕を回そうと思っていたので、手持ち無沙汰になる。

「大切な話ですか？」

「お土産があるって言っただろう？」

「お菓子買ってきたって……」

「それもあるけど、もっと大切なお土産さ」

巴さんは持ってきた鞄から大きな長い桐《きり》の箱を取り出した。

紫の房紐を解き、箱を開けると、中に入っていたのは掛け軸だった。

まさか……。

彼はにこっと笑うと、掛け軸を持って壁際に行き、するするとそれを広げて壁のフックにかけた。

太い木の枝の股のところに蹲《うずくま》る黒い猫の絵。

目を閉じて気持ちよさそうに眠っているふわふわの姿。

「これ……！」

「見えるかい？」

「もちろん！」

俺は立ち上がり、掛け軸の元へ駆け寄った。

黒砂だ。

俺と共に巴さんを守った猫だ。

でも猿と戦ってから、黒猫の姿はこの絵から消えていた。それが、初めて見た時と同じ姿で戻ってきている。

心なしか、少し色合いは薄い気がするが、はっきりと見える。

「祠《ほこら》の奥に収めておいたんだが、表装をし直そうと思って確認したら、戻ってきていたんだ。だから、君にすぐにでも見せてあげたくてね」

そっと触れる絵は、ただの紙だった。

それでも俺にとっては、これが黒砂だった。

思えば、この絵を見てから、全ての運命が動き始めたのだ。

「黒砂……」

愛しさと喜びが込み上げてきて、思わず涙ぐむ。

過ぎ去ってしまえば、夢のような話だった。

現実だったのかどうかさえあやふやになってしまいそうな。

いつかまたきっと会えると言ってくれたけれど、本当にそうなるのかどうか、信じられる証拠もなかった。

「戻ってきたんだ……」

でもこの絵があるなら、信じられる。

黒砂は戻ってきた。

あの時のことは全て真実だったんだって。

「この絵は、暫くここに飾っておこうか」

「お屋敷に持って帰らなくていいんですか？　大切なものなんじゃ……」

「大切だから、君の側に置いておいた方がいいと思うんだ。何せ、この猫と話ができるのは群真くんだけだからね。黒砂も、きっと君の側にいる方が早く元気になるだろう。ただし、ずっと、とはいかないよ」

「わかってます。本條の家にとって、大切なものですものね」

一時期だけでも、黒砂が側にいてくれるのは嬉しい。

黒砂の姿をこの目で見ていられるだけでいい。

「黒砂より喜ばせてあげられないかも知れないけど、私も暫くはここに残ることになったから」

「え？」

今度は振り向いて、巴さんを見る。

「仕事で、こちらの人間と会わなくてはならなくてね。ずっと側に、というわけじゃないが、夜には一緒に過ごせると思うよ」

黒砂より喜ばせられないなんて言ったクセに、俺が喜ぶことがわかってたんだ。

だって、どうだとばかりに笑ってるもの。

「しかも、明日は休みだ」

巴さんのドヤ顔って、初めて見た気がする。

「一日中、ここでの生活をシミュレーションしよう。二人で、買い物したり、料理をしたり、これからのことをもっと具体的に細かく話し合ったり。どう？」

俺は思わず彼に飛びついた。

「最高！」

「さて、群真くんは夕飯を食べたのかな？　まだなら、二人で食事に行かないか？」

「一緒に？」

「せっかく来たのに、別々にとは言わないでくれよ」

「行きます！」

「それじゃあ、上着を取っておいで。夜はまだ冷える」

「はい、すぐに」

「急がなくてもいいよ。私は君の淹れてくれたコーヒーを飲んで待つから」

「もう冷めてますよ」

「群真くんが私に淹れてくれたものだ。冷えても美味いさ」

彼はソファに座ってカップに手を伸ばした。

「何が食べたいか、考えておきなさい」

「はい」

胸が躍ってる。

喜びと期待で。

今日は、いい日だ。

大好きなものが二つ揃った。

ずっと会いたかった恋人と、大切な友人と。

急いで部屋に上着を取りに行った俺の頭の中から、高坂さんのことなどもう消えていた。嫌なことよりも幸せなことの方が、大きかったから。

巴さんと二人で過ごす時間への期待の方が、大きかったから。


俺のところへ来るために、きっといっぱい仕事をしてきてくれたのだろう。

食事をして、お風呂を使ったら、巴さんは何度か欠伸をかみ殺していた。

話をするのは楽しかったし、ずっとそうしていたかったけれど、無理をさせてはいけないので、その日は彼には先に休んでもらった。

巴さんが部屋に入ってしまってから、俺はもう一度一人でじっくり黒砂を眺めた。

巴さんがまた田舎に戻ってしまっても、もう寂しくないな。ここに黒砂がいてくれるんだから。

本来なら門外不出のこの掛け軸を持ってきてくれたのは、そういう心遣いもあってのことかも知れない。

早くおいで。

待ってるから。

何度も何度も、繰り返した言葉をもう一度心の中で繰り返し、俺もベッドへ入った。

翌朝の、何と幸福だったことか。

朝、起きると俺はすぐに着替えて部屋を出た。

巴さんは起きてるだろうか？

起こした方がいいのかな？

ちょっと考えてから、目覚めのコーヒーでも淹れてあげようと階下のキッチンへ向かうと、彼の大きな背中が見えたのだ。

一人じゃない。

巴さんがいる。

それだけで心が浮き立つ。

「おはようございます」

巴さんが振り向いて微笑む。

「おはよう。昨日は悪かったね」

「いいえ、お疲れでしたでしょう」

「ぐっすり寝たから、もう大丈夫だよ。トーストとカフェオレだけ作ったから、軽くお腹に入れて出掛けようか」

「あ、ごめんなさい。俺が作るべきなのに」

「『べき』なんてないよ。二人暮らしだ。手が空いてる方が作ればいいだろう。でも残念だったな」

「残念？」

「群真くんがもっと寝ててくれれば、起こしに行くついでに寝顔が覗けたのに」

本気か冗談かわからない言葉。

「寝顔なんて、何度も見てるじゃないですか」

「何度も見てるから、その可愛い顔が見たかったんだよ。さあ、トースト、持ってってくれ。今日は天気もいいし、早く出て、色々と回ろう」

「はい」

『二人』って、何て素敵なんだろう。

言葉がある。

視線の行く先がある。

期待や想像が、次々と浮かんできて、胸が躍る。

一人では広過ぎると思っていたこの部屋に、光が満ちるように彼の気配が満ちてゆく。

「俺、少しずつ料理も覚えてるんですよ」

「キッチンに料理の本があったけど、あんな本格的なものは作らなくていいんだよ？」

「あれは、お隣の人からもらったんです。まだあそこまでは……。でも、みそ汁は毎日作ってます」

「それは嬉しいね。東京にいると、付き合いが多くて外食が増えるから。でも、先に言っておくけど、私は結構ジャンクフードも嫌いじゃないよ」

「そうなんですか？」

「本條の家では純和風な料理ばかりだからねぇ……。時々ガッツリ食べたくなる」

「意外です。ファストフードとか、牛丼屋なんかも行くんですか？」

「最近はあまり行けないけど、学生時代はよく行ったな」

他愛のない会話が楽しい。

食事を終えると、すぐに支度して買い物だ。

食器などは予《あらかじ》め用意されていたけれど、巴さんの提案で、普段使いのマグカップやプレートを買った。

マンションにあるものは、巴さんが選びはしたけれど、基本揃えたのは本條の人間なので、日常的に使うのには足りないものもあるのだと。

そこでペアのマグカップも買ってしまった。

あっと言う間に昼になり、軽くしか食べていなかったからとガッツリめの昼食は焼き肉のランチ。

結構な高級店だったけれど、不思議と遠慮はなかった。

高坂さんに誘われた時には、とんでもないって気持ちが先に立ったのに、巴さんが相手だと、一緒に美味しいものが食べられて嬉しいだけだ。

その席で俺は、子供みたいに今日までの自分の生活を報告した。

堤さんから言われてビジネススクールで特別講義を受けてること、宮下さんという講師についてること。

最初は呆れられたけれど、最近は褒められるようになったこと。

宮下さんにも、堤さんにも本條の家の人間と思われてること。

巴さんは終始にこにことしながら、ずっと黙って聞いてくれた。

だから余計にベラベラと喋り続けてしまった。

「夕飯は部屋で一緒に食べよう。まだ肌寒いから、鍋なんかどうだい？」

「鍋、好きなんですか？」

「というわけじゃないけど、一人じゃ食べる気にならないものだから。誰かと一緒に食べるものって気がするだろう？」

「そうですね」

「明日はまた仕事があるから、朝食は出来合いで、温めるだけのものでいいよ」

「せっかく来てくれたんだから、手抜きはしたくないです」

「手抜きだなんて思わないさ。これからずっと続くんだ。最初から頑張り過ぎると辛く感じるようになってしまうかも知れない。凝ったものは、もっと生活に慣れてからでいいさ。ただみそ汁だけは作ってもらおうかな」

この人は本当に優しい。

『してあげる』優しさじゃなくて、相手のことを考える優しさだ。

自分がどうして欲しいと思うより、相手がいいようにしてあげたいって考えてる。

若い頃から人の上に立つ教育を受けたせいだろうけど、巴さん自身の性格もあるのだ。

デパートの地下に行って、色々買って、近所のスーパーでも買い込んで。

食べ物を買ってると、ホントに新婚になった気分になる。

「これじゃ多いですよ、二人だけなんですから」

「まとめ買いして冷凍しておけばいいだろう？」

「せっかくだから毎日新鮮なものを買った方がいいじゃないですか」

「そうだね、二人で買い物に来る回数が増える方がいいか」

なんて会話が、カップルっぽくて、心の中でテレてしまう。

巴さんがいるっていうだけで、生活がこんなに充実するんだな。

幸せ気分で、デートを満喫し、ウキウキとマンションへ戻ったのは、もう辺りが真っ暗になる頃だった。

「すっかり遅くなっちゃったね」

買ったものを両手に持って、エレベーターに乗る。

上で降りて、ドアの前で荷物を下ろし巴さんがカギを開けるのを待ってると、背後で物音がした。

「広江くん」

その声にギクッとする。

「よかった。会えて。昨日の器を返したいと思ってたんだよ」

くったくのない高坂さんの声。

何で出てくるかな。

っていうか、どうして巴さんと一緒の時に……。

「こんばんは」

何も知らない巴さんは、礼儀正しく高坂さんに挨拶する。

「こんばんは。いらしてたんですね」

「え？　ええ。自分の家ですから」

「いや、ずっといらっしゃらなかったから。もういらっしゃらないのかと思ってました」

「仕事の都合で空けてただけです。もうそろそろ完全に移ってきますよ。ああ、うちの広江が本をいただいたりしたそうで。すみませんでした」

「いえいえ。彼は楽しい子だし、付き合ってもらったのはこっちですよ。広江くん、ちょっと待ってて、今器を持ってくるから」

高坂さんはそう言って、一度自分の部屋へ戻った。

「器って？」

訊かれるよな……。

「いえあの……。昨日、昼間ちょっと……」

別に言ったっていいことなのに、しどろもどろになってしまう。

だって、笑ってるけどちょっと巴さんの目が怖い気がするのだ。自分に後ろめたいことがあるからかも知れないけど。

「料理の本いただいたり、食事に連れてってもらったので、料理を作って……」

「手料理？」

「そんなに大したもんじゃないですけど」

「群真くんの初めての手料理を食べそこなったのは残念だな」

「そんなの、巴さんにならもっといいもの作ります」

高坂さんは綺麗に洗った耐熱容器とサラダを入れていたボウルを手に戻り、俺に差し出した。

「はい、ごちそうさま。とっても美味しかったよ」

「……はぁ、どうも」

「もう前みたいに笑ってくれないのかい？　からかい過ぎちゃったかな。もうあんなことしないから、また遊びにきてね。ブランシュも待ってるよ」

　持って回った言い方をしないで欲しい。

「あんなこと？」

　巴さんも食いつかないでいいのに。

「何かされたの？」

「いえ、別に。それより、冷蔵庫に入れないといけない食材もありますから、もう部屋に戻りましょう」

　促したのに、巴さんは動いてくれなかった。

「広江に何かしたんですか？」

「別に大したことじゃないですよ」

「あなたにとって大したことじゃなくても、広江にとっては大したことかも知れない。軽率な行動は控えてください」

「軽率ねぇ……。ま、可愛いからちょっとからかっただけですよ。そんなに目くじら立てるほどのことじゃないでしょう。それに、本当に嫌だっていうなら、本人の口から聞きますから。彼ももう大人でしょう？　あんまり過保護にしない方がいいですよ。どうせほったらかしにしてるんだし」

高坂さんはケンカを売るみたいに鼻先で笑った。

巴さんはそれを受けて、ふっと笑った。

「仕事をしてるんですから、ずっと一緒にいられないのは仕方ありません。広江はわかってくれてるので、ご安心を。幼稚な誘いはお断りしますよ。あなたになくても、私達は明日も仕事があるので、これで失礼します」

ケンカ……、になったのかな？

それともスルーしたのかな。

微妙な雰囲気のまま、巴さんに促されて部屋に入る。

一応、ドアを閉める前に高坂さんに会釈をしたが、彼は少し目を細めてこちらを見ているだけだった。

問題は巴さんだ。

「あの男に何かされたのかい？」

ドアを閉めた途端、問いかけられギクリとする。

優しい声だけど、どこか冷たい響き。

「別に特に……」

「彼に対する態度は、いつもの群真くんじゃなかったように思うが？　一緒に食事に行ったり、本をいただいた相手なら、もっと親しくするだろう」

「それはまあ、そうですけど……」

「嫌がらせか何かを受けたのか？　だったらはっきり言いなさい」

「……取り敢えず、食べ物を冷蔵庫にしまってからにしましょう」

「いいだろう。片付けたら、ゆっくり聞かせてもらうからね」

まずいなぁ……。

どこまで話すべきなんだろう。

俺は、この人に嘘はつきたくない。

話せることは何でもちゃんと話したい。

ただ、話せないことも時にはあるのだ。

無言のまま荷物を奥へ運び、食べ物を冷蔵庫に入れる。

怒ってるんだろうか？

巴さんに怒られるのは嫌だな。せっかく一緒にいられるようになったのに。

このまま気まずい状態が続くぐらいなら、いっそはっきり言った方がいいのかも。

俺のしたことは軽率で無防備だったのは事実だ。

そのことで怒られるのは当然のことじゃないか。

知らない人についていっちゃいけません、と言われるかも知れない。知ってる人でも、顔見知り程度の相手に無防備だったと怒られるかも知れない。

それでも、怒らせたままでいるよりはいい。

いや、巴さんなら、その程度のことで悩んでたのかと笑い飛ばしてくれるかも。

うん、きっとそっちだ。

キスといっても、ちょっと唇が当たっただけだったし、俺が望んでしたわけではないのだから。

荷物を片付けると、巴さんは先に俺にリビングに行くように言って、お茶を淹れて持ってきてくれた。

並んでソファに腰を下ろし、どういう意味でだかはわからないが、俺の顔を見てから、ふうっと息を吐いた。

「あの……」

俺が声をかけると、彼はちらりとこちらを見て、またため息をついた。

「大人げないな……」

「巴さん？」

「君が、私以外の人間に最初の手料理をふるまったと知って、嫉妬してる」

「そんな……。大したものじゃないですよ。本当に、食事と本のお礼にって思っただけで」

「食事、前にメールした時にも一緒に行ってたね。何度も行ったのかい？」

「二回だけです。俺、さっき思ったんですけど、巴さんには恐縮したりとか、奢ってもらったって意識はなくて、一緒に食事できるってことだけが嬉しかったんです。でも、高坂さんは遠い人だから、奢ってもらういわれがないんで恐縮してしまって。だからお礼をしなきゃって思って。親しくないから、そう思ったんだと……」

ヤキモチ焼かれてる？

でもそんな関係じゃないのに。

「ブランシュが待ってるって言ってたけど。ブランシュって誰のことだい？」

「猫ですよ。ただの猫です」

「猫に会ったってことは、部屋にも行ったんだね？」

「それはまあ……」

「で、何をされたの？」

「う……」

言うって決めたのに、改めて訊かれると、返答に詰まる。

「人懐こくて礼儀を通せる君がギクシャクしなければならないようなこと？」

「それは、あの……」

「暴力をふるわれたなら、ちゃんと通すべきところを通して訴えることもできるから、はっきり言いなさい」

「暴力なんてふるわれてません」

「じゃ、何?」

真っすぐに見つめられ、俺は終にそれを口にした。

「その……、キスされて……」

「キス?」

「いや、軽くですよ。軽く。突然だったんで、逃げられなくて、ちょっと口がぶつかったっていうか……」

「口にキスされたんだ?」

そうかキスとだけ言えば、口だと思われなかったのに。俺のバカ。

「でも、ちゃんと俺はそういうことはできないって言って、帰ってきましたよ」

「昨日は、って言ってたね。もしかして、私が来た時に抱き着いてきたのは、あの男にキスされた後だったから?」

「それは……」

「それは?」

う……、視線が痛い。

「……はい」

また巴さんのため息。

「様子がおかしいって思ったのに、どうして気づかなかったんだか……」

彼は額を押さえて俯《うつむ》き、そのままじっと動かなくなってしまった。

続く沈黙。

怒ってる？

呆れてる？

何か言って欲しい。

「巴さん」

沈黙に耐え兼ねて、俺は彼の服の袖《そで》を引っ張り、名前を呼んだ。

返事の代わりに腕が伸び、首に回され引き寄せられる。

「巴さん？」

「自分でも、思ってた以上に腹が立ってる」

「……ごめんなさい」

「君にじゃない。あの男にだ。……いや、群真くんにもかも」

抱き寄せられ、彼の胸に埋めていた顔を取られ、上向かせられる。

これって、いわゆる『アゴクイ』？

「他の男にキスされたなんて」

「軽く当たっただけで……」

「キスはキスだろう？」

「……はい」

強い口調で訂正され、認めてしまう。

「仕事が落ち着くまで、ちゃんとここへ移ってこられるまではと我慢していたが、もう限界だ」

「巴さん？　……ン」

強引なキスで唇が塞《ふさ》がれる。

今までのキスは、最初は軽く唇を合わせ、伺うように深くなってゆくものだった。

でもこれは最初から貪るように噛み付かれるようなキスだ。

舌で唇をこじ開けられ、吸い上げられる。

中に何かを隠してるんじゃないかと、それを探そうとしてるように、動き回る舌。

深く入り込まれ、だんだんと口が大きく開いてゆく。

息が苦しくて、一旦離れようとしたのだが、背中に回った手が上へ移動し、後頭部を押さえ付けているから逃れられない。

鼻で呼吸すればいいんだけど、それを忘れるくらい濃厚なキスだった。

ようやく離れてくれた時には、酸欠で頭がクラクラするほどだった。

「上へ行こう」

息を整えている俺の腕を取り、巴さんは突然立ち上がった。

「……え？」

「おいで」

「上って……」

いつもと違う。

いつもの優しくて、気遣いを優先させる彼とは違う。

強引に引っ張られ、階段を上りながら、何かとんでもないことになりそうな予感がした。


巴さんが俺を連れて行ったのは、彼の寝室だった。

上、と言われた時から想定はしていたけれど、実際部屋に入って大きなベッドを見ると、緊張が走る。

俺と巴さんは『そういうこと』を何度かした。

例の儀式で彼の手でされたのを始め、恋人になってからはちゃんとした……、というのもおかしいが、まあつまり繋がったというか、最後の一線まで越えてしまった仲だ。

だが、それは夏の話。

夏休みが終わって、遠距離恋愛になってからは、そういうことはしていなかった。

俺が本條の家へ行くことはなかったし、巴さんが東京に出てきた時にデートはしたが、彼は仕事で来ていて忙しく、俺も就職の準備や卒論などがあったから。

一度離れてしまうと、そういう雰囲気になるのが難しかったというのもあるだろう。

キスしたり、抱き合ったりはしていたけれど、ベッドインは久々ということだ。

覚悟はしていた。

同居するのだから、いつかはまた抱き合うんだろうと。

どこかで期待もしていたかも知れない。

彼に愛されることを。

でも、こんな形は予想していなかったのだ。

だから、部屋に入って思わず足が止まった。

いつもの巴さんなら『無理?』とか『だめかい?』と優しく訊いてくれるのに、今日は何も言わず動かない俺の腕を取ってベッドに座らせる。

「明日は仕事があるから最後まではしないよ」

とは言ってくれたけど、する気は満々だ。

「自分でも、思ってた以上に私は君が好きらしい」

と言われては、拒むこともできない。

「他の男が君に触れたのかと思うと、我慢できない。こんな気持ちは初めてだよ」

「触れたって……」

「この唇が、他の男と重なったと思うと悔しい」

指が俺の唇をなぞる。

「もし、その肌に他の男が触れたら、嫉妬でどうにかなってしまうかも知れない」

「そんなことさせません」

「だが、キスだって、しようと思ってしたわけじゃないんだろう?」

「当然です」

「だったらわからないじゃないか」

「そんな……。でも、もしそんなことになったら、暴れます、抵抗します」

「うん」

「俺が自分でこういうことをしようって思う相手は、巴さんだけです」

「うん。わかってる。君はそんなに軽い子じゃない。それでも、想像するだけで我慢ができないんだ」

またキスされる。

今度は、下からすくい上げるように軽く唇を当てられる。

そしてそのまま、ベッドに押し倒された。

「あ」

押し倒されてすぐに、裾を捲《めく》られ、一気に胸まで露《あらわ》にされる。

唇が胸を求めて動き回る。

乳首を見つけると、それを軽く挟み、舌で転がされた。

「う……」

それだけで快感が走る。

なのに手がズボンの上から股間を撫でるから、鳥肌が立った。

「とも……えさん……」

「キスされて、どんな気持ちだった?」

「……え?」

「高坂くん、結構いい男だったよね? キスされて、心は揺れなかった?」

「俺が好きなのは巴さんだけですよ」

「彼だけじゃなくて、離れてる時に、他の女の子に心が動いたりしなかった?」

「しません」

ズボンのボタンが外され、ファスナーが下ろされる。

恥ずかしいけど、ここは抵抗しちゃいけないんだって、何となくわかった。

彼の言葉はヤキモチにしか聞こえない。

抵抗したら、誤解されてしまう。嫌がってる、と。

俺は巴さんが好きで、巴さんに抱かれることは嫌じゃないんだから、恥じらいぐらい我慢しないと。

それに、巴さんみたいに完璧な人が嫉妬してくれてるのかと思うと、嬉しくもあった。

「俺の初めての人は巴さんだし、これからも巴さんだけで……っ」

話してる途中なのに、彼の手が直にソコを握る。

「そうだね。初めての時に、我慢しながら乱れてく君にはそそられた」

握るだけでなく、手が動く。

やわやわとした動きで刺激を与える。

経験の乏しい俺は、それだけでもうゾクゾクしてきた。

背筋に痺《しび》れが走り、耳に鳥肌が立つのがわかる。

寒くないのに、鳥肌が全身に広がってゆく。

反対に、熱は彼の手の中に集まり、勃起してゆく。

感じたものが、そのまま彼の手に伝わってしまう。

「こんなに可愛いんだから、他の男が目をつける可能性はあったって、意識してなかった私が迂闊《うかつ》だった」

「可愛いって……、俺、男で……」

「世の中には、男性を好きになる男はいっぱいいるんだよ。女性なら、君がその気にならなければいいだけだが、相手が男だと強引に奪われるかも知れない」

「そ……んな」

「だって、群真くんはこんなに感じやすいからね。ほら、もうこんなになってる」

そこでまたぎゅっと握られ、ビクンと震えてしまう。

こんなこと、言う人じゃないのに。

これじゃ言葉責めだ。

っていうか、もしかして相当怒ってる？

「自分でも、こんなに独占欲が強いと思わなかったな」

喋りながら舌先が乳首を弄《もてあそ》ぶ。

「群真くんが、自分の奥さんだと思うと、強い独占欲が湧くんだ。他の人間には少しだろうと何だろうと、渡したくない」

軽く胸の辺りを食《は》まれ、吸い上げられる。

下を弄られながらそんなことをされては、声が上がってしまう。

「や……っ、あ……」

彼の肩に手を置いて、抱き締めるでもなく、突き放すでもなく、ただ指を立てる。

「だ……め…。もう……」

「もう？　もうイッちゃうの？」

「違……っ、変な……」

まだイクほどではないけど、あと一押しされたら頭がおかしくなってしまいそうだ。

腰が疼《うず》いて、自分がビクビクしてるのがわかる。

なのに、彼は手を離し、身体を起こして俺を見下ろした。

「凄い格好だよね」

その目が、いつもの巴さんじゃない。

いや、今までこういうことをしてる最中に、ちゃんと彼の顔を見てなかったから気づかなかっただけかも知れないが、その目は『男』の目だった。

色っぽく、欲望に満ちた危険な顔だ。

でも、その危険な感じにゾクゾクする。

「こんな姿を他の男に見せちゃダメだよ。そんなことされてたら、私も自分が何をするかわからない。今はまだ理性が残ってるから、おとなしくするけどね」

人差し指が、胸元からツッと腹まで線を引くように動く。

弄られて、途中で放置された身体はそれだけでまたビクンと大きく震える。

「君が欲しいけど、素マタで我慢するよ。俯せになれる？」

言われた通り、身体を返して俯せになる。

「腰を上げて」

前を見られるより、まだ後ろを見られる方が恥ずかしくないから、その言葉にも従う。

高く上げた腰から、彼が手をかけて下着とズボンを引き下ろした。

肌が外気に晒《さら》される感覚。

直接手で撫でられ、きゅっと尻が窄《すぼ》まる。

巴さんは背後から俺に近づき、指で尾《び》てい骨《こつ》の辺りに丸を描いた。

「前はここに尻尾があったね」

前が辛い。

ギリギリだったのに、触れられずに刺激ばかり受けてるから。

自分から触ってとも言えないし、自分で触るわけにもいかないし……。

いっそ早くしてって感じだ。

こっちの状態がわかっているのかいないのか、巴さんはそんな格好にさせたまま、指一本であちこちなぞるだけで、決め手になる愛撫はくれない。

もどかしくて、堪《たま》らない。

「と…もえさん……」

「何？」

「焦《じ》らさないで……」

「早くして欲しいの？」

からかうような口調。

ねだるみたいで恥ずかしいから返事をしないで顔を伏せる。

そのままじっとしてると、手は腰に置かれた。

「ごめん、いじめ過ぎたね」

脚の間に、彼が座り治し、内股に触れる。

「あ……」

手は俺に脚を広げさせると、別のものに代わった。

内側から、下から、当たってくるモノ。

巴さんのも、既に硬くなっていて、擦り付けられると力が抜ける。

「ん……っ」

ぴったりと身体を添わせたまま、前に手が回り俺を握った。

「脚、閉じて、ぴったりと」

「こう……?」

「そう。私のを挟むようにして」

「う……ん」

入り込んできた巴さんの先が、俺の裏を擦る。

初めての感覚だ。

握られたことはあるし、今もされてたけど、熱い肉塊が敏感な部分に擦り付けられる感覚なんて、相手が巴さんでなきゃ悲鳴を上げて逃げ出していただろう。

でも相手が巴さんだから。

そのざわざわするような感覚が性的な快感に繋がってしまう。

「あ……」

彼のモノが忙しなく前後する。

あの巴さんが、いつも穏やかで、聖人君子みたいな彼が、背後で腰を動かしてるんだと思うとそれだけで興奮する。

セックスって、神聖なものかも知れないけど、いやらしいものでもある。

そのいやらしさが、俺を煽る。

「あ……、だめ……っ」

前を扱かれながら、胸も弄られ、先を摘ままれた。

挟んだ指が乳首を潰すようにグリグリと動く。

股の間で動く彼の感触。

密着した巴さんが動くから、俺の腰も動く。

そのうち、どちらが動かしてるのかわからなくなってしまう。

俺が求めて彼に腰を擦り付けてるのか、彼が俺を求めて打ち付けてきてるのか。その両方がぴったりと合って、一つになってるのか。

「あ……、あ……。や……っ。待って巴さん……」

前を握った手が、扱くだけだった動きから変化する。

「だめ……っ。ベッドが……」

親指が先に当てられ、鈴口を広げるように強く押し付けられる。

「いく……っ、汚れちゃう……っ」

こめかみがズキズキした。

快感に耐えるために身体に力を入れていたから、貧血になってしまったのか、目の前がチカチカして、白い光が散る。

「大丈夫だよ。汚れたら客間のベッドで寝るから。汚してごらん」

「そんな……」

「ほら」

「あ……っ。そんなにしたら……」

胸を弄っていた手もソコを握り、十本の指でイロンナコトをされてしまうと、もうだめだった。

「あ……っ、や……ぁ…。ん…っ、イク……ッ」

前のめりに倒れても、手は止まらず、俺のモノを嬲《なぶ》り続けた。

イッちゃダメだ。

ここで出したらベッドを汚す。

その忍耐がギリギリまで俺を追い詰め、より以上に強い感覚を生み出す。

「ひ……っ、い……ぁ…」

そして……、
終に俺は落ちた。

「やぁ……ッ！」

彼のモノを挟んだまま、彼の手を汚して。

そのまま意識を手放してしまった。

快感に溺《おぼ》れて。


真っ白い場所。

どこまでも白いから、どこが床で、どこが天井で、どこが壁なのかわからない空間。

ここは……。

『お久しぶりでございます、奥方様』

声に気づいて目を凝らすと、光が溢《あふ》れる白い空間の中に、ポツリと黒い点が浮かぶ。

その点はやがて一匹の猫の形をとった。

「黒砂！」

やっぱり。

ここは夢の空間だ。

以前、彼女と精神が繋がった時に見た場所だ。

俺はすぐに黒砂に手を伸ばし、その身体を抱き上げた。

「怪我は？　俺と話ができるほど元気になったの？」

『もうすっかり。少し前から奥方様とお話がしたいと願っておりましたが、なかなか機会が得られずにおりました』

機会……。

黒砂の意識が本條の奥方の意識と繋がるのは、奥方が主の手によって意識を手放した時、つまり俺が巴さんによってイッちゃった時だ。

あの日から、気まずくてずっとこういうことから遠ざかっていたので、その機会がなかったというわけか。

……正月にしてたら、正月に会えたんだろうか？

「まあとにかく、会えて嬉しいよ。俺、ずっと黒砂に会いたかったんだ」

『私もです』

膝《ひざ》の上、猫の顔が笑ったように見える。

ふわふわの毛並みなのに、手触りがはっきりしないのが残念だ。

これも、ここが精神の世界だからなのだろうか？

『比度は、お伺いしたいことがあって参りました』

「訊きたいこと？」

『はい。その……』

珍しく、黒砂は身を捩《よじ》って言葉を濁した。

「どうしたの？」

『その…、奥方様は以前、私にこの世に生まれ出ておいで、とおっしゃってくださいましたが、今もそのお気持ちに変わりはございませんでしょうか？』

「もちろんだよ。俺、早く黒砂のことを現実でぎゅっと抱き締めてあげたいって思ってるんだから」

『私がただの猫になっても、でしょうか？』

「どういうこと？」

『現世の猫に宿れば、また再びの生ということになり、今のように奥方とお話をしたりできるかどうかわかりません。そこいらにいる者達と同じように、ただにゃあにゃあ鳴くだけの獣に戻ってしまうかも。何せ、私も生まれ変わったことがないものですから、わからないのです』

「話ができなくなるのは残念だけど、黒砂が楽しく生きてくれるなら何でもいいよ」

黒砂は、何百年も主を守るという使命の下、誰にも撫でられることなく、たった一匹で猿と戦い続けてきた。

今は俺が気づいたから、こうして俺と話をすることができるけれど、代々の主の中には黒砂と通じることができない奥方と結婚した人もいただろう。

そんな時は、本当に孤独だったはずだ。

一番辛い思いをした者が報われないのは嫌だった。

俺が力を貸したといったって、何をしたわけじゃない。

最後に猿と戦って傷を負ったのも、黒砂だけだったのだ。

彼女は、最初の主と奥方に愛された記憶があるから大丈夫というけれど、長過ぎる孤独にはもっと御褒美があっていいと思う。

「何にも知らない、俺のこともわからない猫になっても、俺は黒砂のこと愛してあげるよ」

『力がなくなっても?』

「今は戦いのない平和な時代だもの。そんな力、必要ないさ」

俺が言うと、黒砂はフン、と鼻を鳴らして何かの匂いを嗅ぐような態度を取った。

何か匂ってるんだろうかと、俺も嗅いでみたが、何の匂いもしなかった。

「黒砂？」

『さほど平穏とも思えません。よからぬ匂いもします』

……まあ、平和な世界とはいっても、世の中には犯罪も横行してるし、日本の周辺状況もきな臭いと言えないこともない。

だがそれは自分達からは遠いものだ。

「もし戦いがあったとしても、今度は俺が黒砂を守ってあげるよ。だから安心して転生しておいで」

『ありがたいお言葉、嬉しゅうございます』

「黒砂が幸せになるためなら、俺にできることは何でもするよ」

『然様《さよう》ですね。では必要な時にはお力をお借りするやも知れません。私も、奥方様と主様と、お二人のために尽力いたしましょう』

もうそんなに働かなくていいのに、と思ったけれど、本條の主のために生きて（？）きた彼女に、何もするなというのは失礼だから「うん」と頷いた。

『実は、本條の里にクロという猫がおりまして。その猫の腹に宿った子猫が病にかかっております』

「子猫が？」

『恐らく、生まれる前に死を迎えることになるでしょう。その子供の身体なら、私がいただいてもよろしいかと』

「え？　今お母さんに宿ってるの？　じゃあ、もうすぐじゃないか」

『私はその子猫の身体をいただいてよいものでしょうか？』

一瞬考えたけれど、俺は力強く頷いた。

「俺はいいと思う」

病にかかった子猫には可哀想だけれど、生まれる前に死んでしまうというなら、人にできることはない。

動物の病気は治療が難しいと聞くし、ましてやそれが胎児なら、動物病院でもできることはないだろう。

エゴだ、と言われても、俺は黒砂に猫としての幸せをあげたかった。

「誰が反対しても、俺はいいと思う。その子猫の分まで、黒砂が幸せになってあげれば」

『わかりました。それでは、しばしのお別れでございます』

「うん。また会えるのを楽しみにしてる」

俺はもう一度、膝の上の黒砂を抱き締めた。

手応えのない抱擁。

けれど次に会う時には、温かい、ふわふわの身体を抱けるだろう。

『不穏を取り除くため、奥方様のお力お借りいたします。それではお二人共、ご自愛くださいませ』

黒砂は、ひらりと俺の膝から飛び降りた。

スレンダーな黒猫は、跳びはねるように少し離れ、名残惜しそうに一度振り向いてから走り去った。

何もない真っ白な空間には、いつまでも黒砂の姿が点になって残り、やがて消えた。

戦いのない世界で、うんと甘やかしてあげよう。

猿のことなんか忘れて、ただの猫として楽しく過ごせるように。

幸せに暮らせるように……。


目を開けると、いつもと違う天井だった。

横を見ると、巴さんが眠っていた。

ここは……、客間か。

意識を失った俺を、彼が運んでくれたのか。布団の中から手を出すと、ちゃんとパジャマを着ている。

袖が長いし、見たことのない柄だったから、きっと巴さんのだろう。わざわざ着替えさせてくれたのだ。

さっきは少し意地悪だったけど、やはり最後は優しい人だ。

窓へ目をやると、カーテンの隙間から明るい外の光を投げかけている。

まだ弱い光だが、夜は明けたようだ。

夕飯、食べ損ねてしまったな。

でも、黒砂との再会があった。

「巴さん」

この喜びを早く伝えたくて、俺は隣に寝ている巴さんの身体を揺すった。

もう朝なのだから、起こしてもいいだろう。

「巴さん、起きてください」

もう一度名前を呼ぶと、彼は小さくうめいて目を擦った。

「起きたのかい?」

「起きました。聞いてください、大変なことが起きたんです」

「何が大変なんだ……い……」

微笑みながらこちらを向いた巴さんの顔が固まる。

まだ何も話してないのに、どうしてそんな顔をするんだろう。

「今、夢を見たんです。黒砂に会えたんです。今度、ちゃんと普通の猫として生まれ変わるって言ってました」

喜びながら報告する俺の顔を、彼は強ばった表情のまま見つめていた。

「ただの夢じゃないですよ。本当に黒砂だったんです」

「あ……、ああ、そうだろうな。また何かあると言ってたのか？」

「何かって？」

「猿が復活したとか、また戦うとか」

「いやだなぁ、そんなことあるわけないじゃないですか。黒砂、転生できるんだそうです。普通の猫になって、生まれてくるんですよ」

巴さんは、起き上がり、ベッドの上に座った。

視線が辺りを探したが、目的のものを見つけられなかったのか、俺に視線を戻した。

「群真くん、それ……、気づいてないのか？」

「それ？」

「頭」

「頭？」

「触ってごらん、自分の頭」

何だろう？

寝癖でもついてるんだろうか？

彼の目線を追って手を頭にやると、ふにゃっとしたものに触れた。

「え……？」

触っているのに触られてる感覚。

この触感には覚えがある。

まさか……。

俺は自分のお尻に手をやった。

さっき、巴さんが『ここに尻尾があった』と言った場所に。

「どうして！」

パジャマのズボンの中に差し込んだ手は、黒い毛皮の紐《ひも》を掴んでいた。

いや、尻尾だ。

あの夏の日、俺をパニックにさせた、猫の尻尾。

ということは、頭の感触は……猫耳？

「何で？　どうして？」

「落ち着きなさい、群真くん。黒砂は何か言ってなかったのかい？」

「こんなこと何も……。もう転生して普通の猫になっちゃうかもって……」

俺は黒砂との会話を思い出した。

何かそれっぽいこと、話しただろうか？

久しぶりだって言って、普通の猫になってもいいかって訊かれて。里の猫の子供になって生まれ変わるって……。

「また力を合わせようとか、君の力が必要だとか」

「力…？」

「以前は、君の力が借りたいからって言って同化していたんだろう？」

『不穏を取り除くため、奥方様のお力お借りいたします。それではお二人共、ご自愛くださいませ』

黒砂の、最後の言葉……。

力をお借りしますとは言われた。

『黒砂が幸せになるためなら、俺にできることは何でもするよ』

その前に、俺もそう言ってしまった。

だけど……、こんな形での意味じゃなかったのに。

「やっぱり何か言われてたんだな？」

「俺が先に、何でもするって言ったんです。黒砂が幸せになるためならって。そしたら、別れ際に力を借りたいって……」

ああ、俺のバカ。

黒砂に『奥方』が力を貸すってことはこういうことだってわかってたのに。

「どうしよう……。俺、今日もビジネススクールがあるんです」

泣きそうになりながら、俺は巴さんを見た。

「とにかく、何か食べなさい。群真くんは昨日何も食べないで寝てしまったから、お腹が空いてるだろう？　食べながら、考えよう」

「う……」

「ほら、シャワーを浴びておいて。その間に私が何か作ってあげるから」

「俺がご飯作ってあげたかったのに……」

「今日だけだから、ね？　ほら、行っておいで」

巴さんに促され、俺は自分の部屋から着替えを持ってバスルームへ向かった。

せっかく、宮下さんに認めてもらえるようになっていたのに。

覚えなきゃいけないことはいっぱいあったのに。

少し熱めのシャワーを浴びながら、自分の考えのなさを嘆いた。

黒砂に、こういうのは困るって言えばよかった。前の時は仕方がなかったけれど、今はこんなふうになる必要はないだろうって。

……いや、黒砂が必要だと思ったのかも。

転生するのに力が必要だったとか？

不穏を取り除くためにとか何とか言ってたけど、あれは俺が聞き間違えていて、不安だったのかも。

ちゃんと生まれ変われるかどうかという不安を取り除くために、力が必要だったのかも。

もしこれが黒砂のためだったのなら……、我慢するしかない。

シャワーから出て洗面所で鏡を覗くと、俺の頭には、猫耳。

もう諦めの境地で、その姿に懐かしささえ感じる。

ズボンに尻尾が入らないのは経験済みなので、下着は浅く穿《は》いて、ゆったりめのカーゴパンツにTシャツという姿でキッチンへ向かうと、ワイシャツに着替えた巴さんが咥《くわ》えタバコでフライパンをふるっていた。

こんな時に何だが、かっこいい。

ああ、そうか。さっきベッドで辺りを見回していたのは、ひょっとしてタバコを探していたのかも。

彼も、慌てていたのだ。

「上がったね。朝食は簡単にパスタでいいかい?」

「はい」

でも今はもう落ち着いていた。……いるように見えた。

ダイニングで食卓に着き、コーヒーと野菜たっぷりのペペロンチーノを食べながら、二人でこれからのことを話した。

「今日は、休みなさい。そのビジネススクールには私が堤から話を通すようにしておくから。私が用事を言い付けた、ということにすればいい」

「でも、今日だけで終わるかどうか……」

「元に戻るまで、私が私的に使っていることにしよう。帽子、持ってるかい？」

「一応……、あると思います」

「外に出る時はそれを使うように」

「外になんか出ません。出られません」

「でもほら、東京ならコスプレだと思ってくれるかも」

慰めで言ってくれるのはわかるけど、この歳で、イベントならまだしも日常生活でコスプレしてる人っていうのは、ちょっとイタイ気がする。

「今日はどうしても抜けられない仕事があるから、一人にするけれど、なるべく早く帰ってくるし、明日は何とか都合をつけるようにするから」

「だめですよ、仕事はちゃんとしないと。俺、巴さんの足を引っ張りたくないです」

「でも心細いだろう？」

「それは……、でも、どこかが痛いわけでもないですし。これが黒砂に必要なことなら我慢してもいいかなって……、そうだ！　本條の里に『クロ』っていう猫がいて、黒砂はその猫の子供として生まれてくるって言ってました」

「わかった。すぐに連絡して、その『クロ』を探すことにしよう」

食事を終えると、リビングに場所を移して、彼はずっと俺を抱き締めてくれていた。

「大丈夫、私がちゃんと上手くやるから」

「君が困るようにはしないよ」

「もし黒砂が生まれてくるまでなら、そんなに長くはかからないはずだろう？」

彼の言葉と腕の温もりの中で、ようやく落ち着きを取り戻してきたが、そんな時間はすぐに終わってしまった。

部屋に鳴り響くチャイムの音。

「何？」

驚いて立ち上がった俺を引き戻して、巴さんが軽く肩を叩く。

「私の迎えだ。丁度いい、堤には私から話をしよう、帽子を被ってきなさい」

慌てて自分の部屋へ行き、クローゼットを引っ掻き回してキャスケットを取り出した。これなら、大きいから耳も隠れるだろう。

これを被ると、本当に遊びに行くような格好になってしまう。

堤さんは、きっと気分を害するだろうな……。

すぐに戻ると、リビングに巴さんの姿はなく、玄関から声が聞こえていた。

「……かも知れないが、どうしても外せない用件なんだ」

巴さんの声と。

「社長のお仕事でしたら仕方がないですね」

堤さんの声。

挨拶しないで見送りたいが、それが失礼であることを知ってるから、出て行かないわけにはいかなかった。

「……おはようございます」

開けたままの玄関で、向かい合って話をしている二人に声をかける。

思った通り、堤さんの目が不快そうにスッと細まった。

「おはようございます」

「すまないね。なるべく早く戻ってくるから」

「本日は夜に林野庁の方との会席がございますから、早くに戻ることはできないかと」

「私でなくてもいいだろう」

「巴さん、大丈夫です。お仕事優先にしてください」

「だが……」

「社長、本人もこう言っておりますし、予定をこなしてください。会議前に社で資料に目を通していただかないとなりませんし、そろそろ参りましょう」

「いや、まだ……」

「何かご用事が?」

堤さんの、仕事の邪魔はするなオーラを感じるのもあるけれど、彼の役に立ちたいと思ってここに来た自分としても、彼を引き留めたくはなかった。

巴さんの周囲の人間に、彼の側にいることを認めてもらわなければ、ずっと一緒にいることはできないのだ。

「俺一人でも大丈夫です。安心してください」

本当は心細かったけど、俺は笑った。

「わかった。それじゃ、途中で電話を入れるから、携帯電話はずっと持ってるんだよ」

「はい」

巴さんは靴を履《は》いて、堤さんと一緒に部屋を出た。

彼等がエレベーターに乗るまで見送ろうと、俺も玄関から出る。

すると、巴さんはふいに振り向いて戻ってくると、堤さんの前だというのに、俺のことをぎゅっと抱き締めた。

「大丈夫だ、きっと何とかするから」

力強い声でそう言って。

「…社長」

堤さんの声に、腕はすぐに離れてしまったけれど、人前でも気にせず自分を抱いてくれたことが嬉しかった。

彼は、体裁より俺の身体のことを心配してくれたんだ。

二人が乗り込んだエレベーターの扉が閉まる。

俺は頭を下げ、彼等を見送った。自分より目上の者が乗り込んだエレベーターを見送る時にはそうするものだと教えられたから。

被りが浅かったのか、頭を上げた時、帽子が床に落ちてしまったが、どうせ見る人などいないのだからと気にもかけずにそれを拾い上げた。

「何？　その耳、あの上司の趣味？」

背後からの声が響くまでは。

ハッとして、拾った帽子を手に振り向くと、今正にドアから出てきたばかりの高坂さんの姿。

「あ……」

何て言い訳しようかと戸惑っていると、彼はにっこり笑った。

「可愛いね。似合ってるよ」

付け耳だと誤解している
いや、普通そう考えるだろう。

誰も本当に猫の耳が生えてるなんて考えるわけがない。

「おはようございます」

俺は少し警戒しながら挨拶し、帽子を被った。

「やだなぁ、警戒してる？」

見抜かれて、図星を指される。

「変なことするからですよ」

「謝ったじゃないか。純情だなぁ」

にこにことして、悪びれる様子はみじんもない。彼にとってあれが些細なことだという証拠だ。

「高坂さん、お早いんですね。お仕事ですか？」

お隣さんだから、なるべく失礼にならないようにと、軽く会話をする。

だが気持ちは早く部屋に戻りたい一心だった。

「いや、ちょっと……」

彼は笑顔を消し、急に深刻な顔になった。

「どうかしたんですか？」

「ブランシュがね、戻しちゃって」

「え？」

「昨日の夜からぐったりしてたんだけど、さっき突然吐いちゃって。それで、医者に相談に行こうかと思って」

「大丈夫ですか？　何か悪いものでも食べたんじゃ」

逃げかかっていた身体が、思わず前に出てしまう。

だって、ブランシュが戻すなんて。

動物が病気になるっていうのは人間とは違う。すぐに死に繋がってしまう可能性だってあるのだ。

「食べものはいつものものなんだけど、心配だからね」

「医者に行くって、連れて行かないんですか？」

「具合が悪いものを動かしていいかどうかわからないから」

「ああ、そうか……」

「広江くんも心配してくれるのかい？」

「当然です」

「君……、今日休み？　上司は出勤したみたいだけど」

「え？　ええ、まあ……。今日は在宅で……」

「じゃあ、よかったら、俺が動物病院に行ってる間、ブランシュを見ててくれないかな」

「ブランシュを？」

「ほら、動かせないから」

どうしよう……。

巴さんに、もう高坂さんと親しくするなというようなことも言われていたし、自分でも彼に信用が置けなくなってる。

でも、あの白い綺麗な猫が苦しんでいるのだとしたら。もし吐いたものが喉に詰まったりしたら……。

高坂さんは病院へ行くと言うし、彼が一緒にいないのなら、大丈夫かも。

それに、もしまた近づかれたとしても、はっきり嫌だと言えばきっとやめてくれるだろう。この間だってちゃんとやめてくれたんだし。

「わかりました。じゃあ、留守の間だけ」

「よかった。じゃ、すぐに来てくれ」

「すぐにですか？」

「だって、俺はすぐに行かなきゃいけないから。君にカギを渡しておいた方がいい？」

合い鍵を受け取るのもどうだろう。

「……いえ、それじゃ行きます」

俺はちらりと扉の閉まったエレベーターを見た。

巴さんはもう車に乗っただろうか？

俺が高坂さんの部屋に行ったと知ったら怒るだろうな。でも、これは高坂さんに会いに行くんじゃない。猫に会いに行くんだ。

病気の猫を見捨てられないのは、わかってくれるだろう。

「さ、どうぞ」

高坂さんが玄関のドアを開けて俺を招く。

「失礼します」

一声かけてから中に入り、靴を脱いで部屋に上がる。

「ブランシュは……」

「ソファに座って待ってて、今連れて来るから」

「はい」

彼は先に奥へ入り、すぐに戻ってきた。

「ごめん、ちょっと汚しちゃってるから、片してくる。コーヒーでも淹れるよ」

「いえ、そんな。お気遣いなく」

「留守番させるのに悪いだろう？　待ってて」

俺がソファに座ると、彼はキッチンへ行き、すぐにコーヒーを淹れて戻ってきた。

「待っててね」

「あ、はい」

汚したってことは戻したり粗相をしたってことだろうか？　大丈夫かな？

じっと一人で座っているだけでは居心地が悪いので、コーヒーに手を伸ばす。

慌てて淹れてきたようだったから、作り置きを温め直したのか、コーヒーの量を間違えたのか、コーヒーは結構苦かった。

ブラックで飲めないわけじゃないけれど、これはミルクか砂糖が欲しいな……。

高坂さんは、なかなか戻って来なかった。

奥を覗こうかとも思ったけれど、他人の家を勝手に歩き回るのも失礼なのでじっとその苦いコーヒーを啜りながら待つ。

やっと戻ってきた高坂さんは、大きなタオルの塊を両手で大事そうに抱えていた。

「ブランシュ！」

立ち上がると、急に立ち上がったからか、軽い目眩《めまい》を感じた。

立《た》ち眩《くら》みか。

「座ってて、手渡すから」

「あ、はい」

ストン、と腰を下ろして腕を差し出す。

「両腕揃えて。肘《ひじ》のところからぴったりとくっつけて」

「はあ」

腕をくっつけた方が面積が狭くなって、落としやすいのではないかと思ったが、飼ってる人の言葉だから素直に従う。

「広江くんは、ホントにいい子だなぁ」

高坂さんはタオルの塊を俺の右手の上にそっと置いた。

……え？

置かれた瞬間、軽い、と思った。

次の瞬間手首に何かが巻き付いて、キュッと締め付けられた。

「痛っ」

腕に乗ったタオルの塊が解ける。

タオルの中身は何もなかった。ブランシュどころか、空っぽだ。

タオルはそのまま床に落ち、残った俺の腕には紐が巻かれていた。

「は？」

紐の両端を握っていた高坂さんの手が、紐を引っ張りもう一重紐を回し、俺が驚いている間にしっかりと手首を縛ってしまった。

「高坂さん！　何するんですか！」

「うん、ごめんね」

「ごめんねじゃないですよ、ふざけないでください」

こっちは真剣に怒ってるのに、高坂さんは笑顔を浮かべていた。

「君に悪いことはしたくなかったんだけど、あの男が人を挑発するからさ」

「あの男？」

「君の上司？　恋人？」

恋人、という単語が出て、俺はギクッとした。そんな素振りは見せていなかったつもりだったのに。

「あの人は親戚の……！」

「親戚のお兄さんのために、そんな猫耳付けるの？」

う……。

「結構精巧そうじゃないか。彼は趣味に金かけるタイプだな」

違うけど、違うと言えない。

言葉に詰まった俺を見て、彼はにやりと笑った後、目を細めて俺を見下ろした。

「人を幼稚だとか、仕事をしてないような言い方して。あくせく働くことが美徳のように思ってるタイプだよね。でも俺はああいうタイプが嫌いなんだ」

「そんなこと言ってないじゃないですか」

「言ったさ。君は気づかなくても、俺にはすぐにわかった。自分のモノに手を出すなって牽制して。だからちょっと一泡吹かせてみたくなったんだよね」

「あの男が『するな』と言ったことをしたくなったのさ。あいつが大事にしてるものにちょっかいを出すって。君には悪いと思ってる。広江くんのことはホントに可愛くて好きだったんだけど」

ちょっと待て……、この流れって……。まさか俺をどうこうするってことじゃ。俺は男だぞ。でもその男の俺にキスした人なのだ、彼は。

「俺に変なことしたら、訴えますよ！」

「君は自分の意思で俺の部屋に入った。合意だよ」

「騙して誘ったんだから合意じゃないです。……まさか、ブランシュが病気っていうのも」

「ウソだよ。猫はケージの中だ」

「高坂さん……」

優しい人だと思ったのに。ちょっと強引だし、軽い感じだけど、悪い人じゃないと思っていたのに。

「君が訴えても、残念ながらもみ消せるだけの力が俺にはある。君の上司も金持ちのようだが、所詮は勤め人。どこに勤めているかは知らないが、俺には逆らえない。俺の父はね、『エディット』という商社の社長なんだ」

「あの人は……」

「泡って……」

勤め人なんかじゃない。人の上に立つ人だ。と、言おうとした俺を彼がドンとソファに突き倒す。

「コーヒー、嫌いだった？　あんまり飲んでないんだ？」

「何でここでコーヒーの話なんか……」

「眠くならない？　もしくは身体が上手く動かないとか」

「……え？」

「もうちょっと時間を置くべきだったかなぁ」

「まさか……」

「あ、非合法に入手したわけじゃないよ。ちょっとした化学の知識があれば抽出できるんだ、酔い止めをすり潰して、エタノールに溶かして、塩酸メクリジンを入れて……、まあちょっと手間はかかるけどね」

その知識を得意げに語る彼に、ゾッとした。

俺が初めてではない。こういうことが、当たり前だと思ってる人なんだ。

以前、俺を簡単に逃がしてくれたのは、優しさなんかではなく簡単に捕まえることができるからだったのだ。

「誰かが助けに来てくれるといいな、と思ってる？　でも残念。君の大切な彼はさっき仕事に出てったばっかりで、戻ってくるのは夕方だろう。それまでの時間、たっぷり俺と楽しもうよ」

高坂さんが、近づき、俺のシャツの裾から手を入れた。

「やめてください！」

縛られた手でその手を弾く。

「前で縛るんじゃなかったな。邪魔だ」

「俺は泣き寝入りはしませんよ」

「しなくても黙らせられるって言っただろ」

結んだところを摑んでグイッと腕を上げさせられる。力が上手く入らなくて、されるままバンザイするみたいに両腕が上がる。

変な薬のせいか、それとも彼の方が力が強いのか。

「やめろって！」

脚はまだ動くから、バタバタと動かして牽制したが、高坂さんはその脚の上に腰を下ろした。太ももの上に座られると、脚を動かしても攻撃にもならない。

「あの男とはもう寝た？　それともまだかな？」

「どけよ！」

「勇ましいなぁ。広江くんって、元気もいいんだね。しかも貞節なカンジ。俺に強姦とかされちゃったら、あの男に泣きつくんだろ？　そしたらあいつ、どんな顔するかな」

高坂の手が、俺のズボンにかかる。

左の手で俺の腕を捕らえているから、右手だけでは上手くボタンが外せなくてもたついたが、それも少しの間だけだった。

ウエストの辺りに開放感があり、続いてファスナーが下ろされる音がする。

「よせって！」

巴さん。

巴さん。

巴さん。

心の中で、ずっと彼の名を呼ぶ。

でもこいつの言う通り、巴さんは大事な仕事で出て行ったのだ。戻るのは夕方どころか夜になるかも知れない。

自分の身は自分で守らないといけないのだ。

「……何だこれ？」

高坂が俺のズボンの中に手を入れ、黒いものを引っ張り出した。

ゾクッとする感覚が背筋に走る。それを唇を噛み締めて必死に堪《こら》えた。

「尻尾……？」

ゲラゲラと彼が身体を揺らして笑い出す。

「すごいな。そこまで凝ってるんだ。あんな顔して結構オタクじゃないか」

生の尻尾だと、それを引っ張られると感覚があるのだと気づかれてはいけない。

自分の貞操よりももっと大事《おおごと》になってしまう。

高坂は確かイベント関係の仕事をしてるって、芸能界にも繋がりがあると言っていた。もしこの人にバレたら、『猫人間』とかいって、大変なことになってしまう。

そんな人間を側に置いてるってことで、巴さんにも迷惑がかかるかも。

「いいね、子猫ちゃん。俺のためにも可愛い声で鳴いてよ。あんな男よりずっといい暮らしをさせてあげるよ」

高坂が尻尾から手を離したので、俺は全身に残っていた力を全て使って、一気に腹筋で起き上がり、彼に頭突きを食らわせた。

「おっと」

残念なことに当たらなかったけれど、彼はそれを避けるために俺の上から飛びのいた。

今だ。

俺はソファから飛び降り、玄関に走った。

走るつもりだった。

が、背後からシャツを摑まれ、今度は床に俯せに押し倒される。

「痛っ」

「ブランシュよりオイタな子猫ちゃんだな」

まずい。

まずいぞ。

この体勢でズボンを下ろされたら、尻尾が生えてるところを見られてしまう。

「よせ！　ばか！　強姦魔！」

必死に身体を揺すって、手を振りほどこうとする。

「やめろ！」

「暴れない、暴れない。もっと薬を飲ませちゃうぞ。諦めて楽しむことを考えた方が……」

ズボンのウエストがグッと引っ張られる。

その瞬間、声が響いた。

「何をしている」

低い声。

でもすぐにわかった。

「巴さん！」

いつの間に来たのか、部屋の入口には巴さんが立っていた。

その背後には堤さんも立っていた。

「お前……、どうやって……。不法侵入だぞ！」

高坂が叫ぶと、堤さんがスマホを向けてこの様子を写真に撮った。

「何をする！」

慌てて高坂が立ち上がったが、堤さんは動じなかった。

「証拠写真です。暴行の」

「暴行？　何言ってるんだ。これは合意で……」

「広江くんの手は縛られているようですが？」

「プレイだよ、プレイ。彼はこういうのが好きなんだ」

そんなわけないだろ、と突っ込もうとした俺の目に、巴さんが壁に飾ってあった刀を手に取るのが見えた。

あの、美術品だからといって飾ってあった日本刀だ。

「巴さん！」

俺の声に反応して、高坂が彼を見る。

「何？　何やってるわけ？」

薄笑いを浮かべる彼に向かって、巴さんは鞘《さや》から引き抜いた刀を向けた。

「離れろ」

目の色が、いつもの巴さんと違う。

真剣そのもので、怖いくらいだ。

「俺にそんなことして済むと思ってるのか？　俺を誰だと思ってる」

「知らんな。知る必要もない」

言葉遣いも何か違う。

「俺の父は『エディット』という商社の社長なんだぞ。お前がどこに勤めてるか知らないが、お前をクビにするように手を回すことなんて簡単なんだ」

「堤、『エディット』の高坂だそうだ」

「はい」

巴さんの言葉に、堤さんは構えていたスマホでどこかに電話した。

「もしもし、白帝の堤と申します。……はい、そうです。手短に申しますが、そちらとの取引につきまして、考えさせていただくことになりそうだと」

「……何だ？　どこにかけてるんだ？」

高坂が前へ出ようとしたが、巴さんの刀の切っ先が向けられていて動けない。

「お宅の息子さんが本條様を怒らせましてね。うちの秘書を部屋に連れ込んで強姦しようとしていたんですよ」

「おい！」

どうせ本気じゃないだろうと、高坂が刀を払って前に進もうとした。

でも巴さんは本気だった。

だって、この人は本当の意味で優しい人で、他人に刀を突き付けたりするような人じゃないのだ。自分の身を犠牲にしてもみんなを救おうと決意していた人なのだ。

その巴さんがスッと刀を引いて、振り下ろす。

「だめ！　巴さん！」

刀はふわっと浮かせていた高坂の右側の髪を散らした。

切られた髪が舞い上がり床に落ちる。

「な……！」

「堤さん！　刀取り上げて！　その人に他人を傷つけさせないで！」

俺は動けないから、必死で懇願した。

止められるのはあなたしかいないんです、と。

でも堤さんは冷静な声で話しかけただけだった。

「電話に出しますか？」

「出させろ。自分の立場をわからせてやれ」

堤さんが高坂に近づき、スマホを差し出す。

「何だっていうんだ！　警察に届けるぞ！」

「騒ぐ前に、電話にお出になってください」

「電話？　誰の？」

奪うようにスマホを取り上げ、「もしもし」と出た高坂の顔色がサッと白くなった。

「いや……、違うよ、父さん。そんな……」

狼狽《ろうばい》する高坂を見て、やっと巴さんは刀を下げ、俺に歩み寄ると縛られていた紐を刀で切ろうと、俺を抱き起こした。

一瞬、いつもの顔に戻ったように見えた彼の表情がまた険《けわ》しくなる。

何故？　と思って自分の姿を見ると、ズボンの前が開けられたままだ。

「未遂！　未遂だから！」

自分のことより、この人がまた刀を振り回したりしないようにと俺は懸命に訴えた。

「バカを切る刀は持たない」

彼は刀を鞘にしまって、俺の前を閉じてくれた。

他人の手で脱がされるのも恥ずかしいが、他人の手で着せられるのも恥ずかしい。

「違うって。何で……。この男がそんなに……」

「あなたの父親より、こちらの方のほうが立場がずっと上なんですよ。あなたは怒らせてはいけない方を怒らせたんです」

隣では、堤さんが電話を取り返し、相手に向かって言い放った。

「あなたの息子を今すぐここから退去させて、ご自分の監視下に置いてください。こちらとしても、個人の名誉のために警察沙汰にはしたくありませんが、何らかの措置は取らなければなりません。……明日？　今すぐです。今日の夜までに全てを終えたら、もう一度話し合いの席を設けましょう。ですが、それができなければ、本條の名前で全ての会社に『エディット』との取引を中止するように……。そうですか、ではまた夜にお電話差し上げます」

堤さんはそれだけ言うと、電話を切った。

何が起こったのかわからず、呆然としている高坂の身体から、着信音が響く。

彼は慌てて電話に出てた。

「そんなの無理だよ、父さん！」

相手は父親らしい。堤さんの電話が切れたから、すぐにかけ直したのだろう。

「堤、後は任せる」

「はい」

「今日の予定は全てキャンセルだ」

「はい」

「だめです。仕事は大切でしょう。俺なんかのために仕事に支障が出たら……」

「今の私が仕事の現場に出る方が支障が出る。来なさい」

身体を抱えられ、部屋から出ようと歩き出す。

すれ違いざま、俺は堤さんに頭を下げた。

ごめんなさい、巴さんに迷惑かけるなと言われていたのに。

「あ、ちょっと待って」

そして堤さんにだけ、そっと耳打ちした。

「テーブルの上のコーヒーに変なクスリが……」

それを言った時だけ、ずっと冷静な表情だった彼の眉がピクリと動いた。

自分が粗忽《そこつ》だと知られても、こんなことを当たり前のようにしようとしている男の悪事は、ちゃんと暴いて欲しかったから。

「わかりました。行ってください」

「……はい」

もう一度頭を下げ、俺は巴さんに連れ出された。

これでもう大丈夫だ。

そう安心して高坂の部屋を出た。

その安堵《あんど》が間違いだと気づかずに……。


「助けてくれてありがとうございます。でもどうして俺が高坂の部屋にいるってわかったんです?」

自分達の部屋に戻ると、俺は少しでも彼の怒りを削《そ》ごうと、問いかけた。

「黒砂だ」

「黒砂？」

でも巴さんの表情はまだ硬いままだった。

「車を走らせてる時、私の目の前に突然黒猫が現れた。宙に浮かぶように。その猫が『奥方様の一大事です』と言ったんだ。私は黒砂を見たことはないが、そんなことができるのは黒砂だろう？」

「多分……」

黒砂。

「堤には見えていないようだったが、どうしても気になって戻るように命じたんだ。あの部屋の前まで、ずっと先導するように姿を見せてたが、ドアを開けたら消えた」

「カギ、かかってませんでした？」

「かかってなかったな。不思議な猫だから、それぐらい開けたんだろう」

「すごいや……」

黒砂ってそんなこともできるんだ。

俺は壁に掛かっている黒砂の掛け軸を見た。

だが絵の中の猫は、相変わらず眠った姿のままだ。

「あ、そうだ。これ、解いてください」

タイミングを逃して、切ってもらうのを忘れていた手の紐を差し出す。

「群真くん。私は言ったよね？　あの男には近づくなと」

「え……？　あ、はい……」

今ここでそれを言う？

「何故あの男の部屋へなんか行った」

「それは彼の飼ってる猫が病気だから見て欲しいって……」

目が怖い。

「猫が心配なら、預かればいいだろう。部屋に入る必要はない」

「でも、病院に行ってる間だけ見ててくれればって……」

「病院へ行くなら猫を連れて行けばいいだろう。おかしいと思わなかったのか？」

「それは……。あんなことする人だと思わなくて……」

「この間、キスされたんだろう？　そういう男だとわかっていたんじゃないのか？」

「いえ……、あの……」

「来なさい」

巴さんは、俺の腕を取って立たせた。

「来なさいって、どこへ……」

「人の忠告を聞かない悪い子にはお仕置きだ」

「お、お仕置き?」

「そうだ」

「ちょっ、ちょっと待って……!」

お仕置きって、この間もそんなこと言ってされたのは……。

「巴さん」

強引に階段を上らされ、連れ込まれたのは、やっぱり巴さんの部屋だった。

「待って、これ取ってください」

するのは嫌じゃないけど、手を縛られたままなんて。

「ダメだ」

手を差し出し、解いてくれと示したのに、彼はにべもなく一蹴した。

「巴さん」

「君はわかってない。群真くんがあの男に組み敷かれてるのを見た時、私がどんな気持ちだったか。あの男を殴らずにいるのに、どれだけ自制心を必要としたか」

「巴さん……」

「今、君に抵抗されたら酷いことをしてしまうかも知れない。束縛されて抱かれるのは屈辱かも知れないが、今日は罰だ。我慢しなさい」

そう言うと、巴さんは俺をベッドに押し倒した。

「あの男に触られたのか？」

さっき彼が整えてくれたズボンに手が掛かる。

「未遂です。ただ前を開けられただけで」

「本当に？」

ボタンが外され、ファスナーが下ろされる。

「本当です。尻尾を見られて、コスプレだと思われて笑われて……。その隙に逃げようとしたところを倒されてただけです」

説明してる間も、巴さんの手が俺のズボンを脱がそうとする。

ちゃんと話をしたいから、抵抗したいのに、脚が上手く動かなかった。

下着に手を掛けられても膝が上手く曲がらない。

「あれ……？　あ……」

「群真くん？」

「脚が……」

「脚？　怪我したのか？」

「上手く動かなくて……」

「動かない？　捻《ひね》ったのか？」

服を脱がそうとしていた手が止まり、俺の脚をそっと動かす。

「痛むかい？」

「痛くはないんですけど、力が入らなくて……」

巴さんは考えるように目を落とし、それから俺を見た。

「あの男の部屋で何か飲んだり食べたりしたか？」

「それは……」

コーヒーのことを思い出したけれど、ここでそれを口にしたら、巴さんの怒りが収まらなくなりそうで、つい口籠もる。

「したんだな？」

すぐに気づかれてしまったけれど。

「コーヒーを……」

「コーヒー？」

「酔い止めの薬を使って、作った変なクスリを入れたって……」

「酔い止め……、スコポラミンか」

「わかるんですか？　大変な薬なんですか？」

「量にもよるが、どれぐらい飲んだんだ？」

「わかりません。ただコーヒーが苦かったんで、あまり……」

「多分、眠くなるだけだろう。お酒と飲むと酩酊《めいてい》状態になるし、多量に摂取すると記憶も飛ぶらしい。あの男を簡単に許すことはできなくなったな」

巴さんは止めていた手をまた動かして、服を脱がせ始めた。

「途中で眠られたら困る。今日は我慢できないんだから」

ズボンも下着も取られ、下半身がむき出しになる。

手が縛られてるからシャツが脱げなくて、奇妙な格好だ。

それでも彼は笑ったりせず、枕元のサイドテーブルの引き出しから、一本のボトルを取り出した。

ローションだ。

そのフタを開け、自分の手に出すと、そのまま俺の股間に擦り付けた。

「冷た……っ」

液体の冷たさに声を上げたが、手は止まらない。

たっぷりと塗ったのに、またローションを手に取ると、今度はそのまま指を中に入れてきた。

「巴さ……っ」

にゅるっ、とした感触で細く長い指が入ってくる。

「ひっ……」

指先は液体の滑りを借りて簡単に入ったが、一度そこで動きが止まった。俺が締め付けてるせいだ。

でも巴さんはそんな抵抗をものともせず、更に奥へと指を突っ込んだ。

「あ……っ」

指を咥えたまま、ソコがぎゅっと窄まる。

侵入の動きはそれで封じられたが、既に遅かった。

中に入った指が内側で動き回る。

「や……、変な……」

いつもは、……といってても数えるほどしかしてないけど、今まではちゃんと前戯っていうか、俺を高めてから、ソコに触れるようにしてた。

なのに今日はいきなり指を入れるなんて。

彼に服を脱がされた、下半身を見られている、というだけで恥ずかしさから少し反応していたモノが、縮こまってしまう。

それでも彼は関係なく指を動かし続けた。

時々前後に動かし、抜けない程度に出したり入れたりを繰り返しながら、もう一方の手で前に触れる。

「あ……」

そっちの手もローションで濡れていたが、もう冷たくなかった。それだけに、ぬるぬるとした感覚が神経を刺激する。

「や……、待って……」

慌てて脚を閉じようとしたが、脚の間に彼の身体があるし、力の入らない脚では彼を排除するほど強く閉じることなどできなかった。

「あ……、あ……」

ぬるぬるした指が、ただ握るだけでなく、先を擦ったり、根元を扱いたりする。

正直、気持ちよかった。

男として、当たり前のことだろうが、恥ずかしくなるくらい気持ちよかった。

後ろに指を咥えさせられたままなのに、そんなことも気にならないくらいだ。

感じてくると、指の入ってる場所がヒクヒクと痙攣《けいれん》するのも恥ずかしい。感じてるって、教えてるみたいで。

「あ……、だめ……っ。巴さん。もう出ちゃう……」

「早いな。まだほんの少ししか触ってないのに」

「だって、そんなもの使って……」

「ローションが好き?」

彼らしからぬ意地悪な言葉。

ひょっとしなくても、まだ怒ってるんだ。

「群真くんは感度がいいよね。他の男に触られても、そんな顔をするのかな？」

「そんなわけ……っ」

「そうだよね　君は私の奥さんなんだから。他の男に触らせるなんて言語道断だ。それなのに、君はキスされたし、押し倒されたんだよね？」

ああ、やっぱり怒ってる。

「抵抗しました……！」

「してなかったらもっと酷いよ？」

たっぷりつけられたローションがぐちゃぐちゃと卑猥《ひわい》な音を立てる。

自分が濡らしてるみたいで恥ずかしくなる。

「私はね、君が思ってる以上に君のことが好きなんだ。だからこれからはもっと注意してくれないと」

「します……、しますから……」

「『から』？」

「手を離して……」

「仕方ないなぁ」

巴さんはゆっくりと前と後ろの手を離してくれた。

ただそれは俺の願いを聞き入れて、というより自分が服を脱ぐためだったみたいだけど。

「一緒に暮らしてればそのうちわかると思うけど、私は君が思ってるほど善人でも優しい人でもないんだよ」

スーツを脱いで、ネクタイを解いて。

「企業のトップや一族の長が『いい人』では務まらないくらいは、理解できるだろう？」

ワイシャツのカフスを外してサイドテーブルに置く。

「本当はもっと我が儘で強欲な人間なんだ。気性も激しい」

ベルトを外し、ワイシャツを引き出してそれも脱ぐ。

「ただそれを『務め』と『立場』でコントロールしてるだけなんだ。あんまりにも長くやり過ぎて、それが当たり前のようになっていたけどね」

ズボンも、下着も脱ぎ、全裸になって再びベッドへ戻ってくる。

「今までは、染み付いた仮面を剥がすほどの事象がなかったから、これが地のようになっていたけど、君に会ってからは時々それが剥がれ落ちる」

俺の膝を摑んで、大きく脚を開かせ、その間に身体を置く。

「役目が終わったのに手元に置いたり、君を強引にうちの会社に入れたり、同居させたり」

「それは……、俺も望んだことだから……」

巴さんはやっといつもの顔で微笑んだ。

「そうやって私を甘やかすから、逃げられなくなるんだよ」

「逃げたりなんかしません」

「うん、逃がしたりしないけどね」

彼の手が、尻尾を摑んで自分の口元へ運んだ。

引っ張られて、尾てい骨から背骨を、ビリビリッとした感覚が走り抜ける。

「……っ」

「黒砂が転生したら、この姿も見納めかもね。残念だ」

「何を……」

「それとも、時々は君に宿ってこんなふうな姿を見せてくれるのかな」

尻尾にキスした唇が、軽く嚙む。

「……うっ」

また痺れが走って声が漏れてしまう。

「この姿でするのは最後かも知れないからゆっくり楽しみたいけど……」

巴さんの手が、俺の脚を抱える。

「……無理みたいだ」

そしていきなり俺の両脚を持ち上げて、身体を二つ折りにした。

「巴さん…っ！」

彼のことは好き。

彼とセックスするのも嫌じゃない。

でもこの格好は。

「ちょっ……やめてください…っ！　恥ずかしい」

下半身丸出しのまま二つ折りにされて隠したい場所が彼の前に晒される。

抵抗したいのに、手は縛られてるし、脚に力は入らないし、されるがままだ。

脚が彼の身体に乗せられ、手が離れる。

指がまた後ろを弄って、中に入る。

「やだ……っ、これ……っ」

今まで嫌がることはやめてくれたのに。やめてくれていたのに、今日は俺の言葉が彼に届かない。

「あ……っ！」

巴さんの硬いモノが当たる。

指が穴を広げ、その中心に進んで来る。

慣らしてないのに。

まだ閉じたままなのに。

巴さんは容赦なく俺の中に入ってきた。

「ひ……っ、あ……」

痛い。

でも……。

彼は俺の尻尾を腕に巻き付けて、軽く引っ張った。

手が前を握る。

痛いけど……、その二つの刺激が快感を呼ぶ。

「や……」

何とか逃れようと脚を動かすと、右脚だけが彼の肩から落ちた。

だからといって状況が変わるわけじゃない。

だって、もう彼は俺の中に入ってるのだ。

「あ……、あ、あ、あ……」

巴さんが腰を動かすから、声が切れ切れになる。

「や……め……っ。ん……。手……、取って……」

繋がった場所がじんじんする。

息をする度筋肉が痙攣して異物を感じる。

もう一方の脚も落ちたけど、お尻の下に入り込んだ彼の膝のせいで腰は浮いたままだった。

「んん……っ、痛……っ」

何かに縋《すが》りたいけど、縛られた手では自分で自分の手を握ることしかできない。爪が食い込むほど強く握る姿は、まるで祈ってるようだ。

「巴さん……、巴さん……」

繋がったまま、彼は俺の手を取り、やっとその紐を解いてくれた。

「赤くなってる」

と言って手首を舐《な》める。

「悪いことをしてるのはわかってるから、その爪で引っ掻いてもいいよ。痕《あと》が残るくらい」

「力……、入らない……」

薬のせいなのか、行為のせいかはわからないけど。

「じゃあ、好きにするよ？」

これ以上何をするのかと思ってると、巴さんは身体を倒して顔を近づけた。

「あ……ン」

体勢が変わって、『当たる』位置が変わる。

もう随分深く呑み込まされたと思っていたのに、更に彼が奥に入ってくる。

「好きだよ」

頬に唇が触れる。

手はシャツの中に突っ込まれ、胸を探る。

乳首を摘ままれ、グリグリと弄られる。

「あ……」

そんなトコより前を触って欲しい。

彼が身体を倒したから、先が彼の身体に擦れてもどかしいのに。

でも弄られてるうちに、胸も疼いて、身体が震える。

自分でも、膝を立て、腰を上げる。

触ってもらえないから、自分のモノを彼に強く擦り付ける。

「あっ」

頬にキスした口が俺の耳を噛んだ。

人間の方のじゃない。猫の耳だ
それがまた俺をゾクゾクさせた。

俺、今、耳が二組あるんだ。

凄く不思議だけど、俺と黒砂とが一つになってるわけじゃなく、黒砂が俺に間借りしてるというか、存在が重なってるからなんだろうか?

一瞬そんなことを考えた。

でも他のことを考える余裕があったのはそこまでだ。

「ん……っ」

唇は猫耳から今度は俺の耳に下りる。

彼が動く度に辺りどころが変わる。

自分も腰を動かしてるから、どんどん彼が深く入ってくる。

どこまで入るんだろう。

脳裏に、ご立派だった巴さんのイチモツが浮かぶ。

あれが、全部俺の中に入ってるのか。

シャツが大きく捲られ、指に代わって舌が胸を舐《ねぶ》る。

場所を譲った手は、ようやく俺のモノを握って愛撫を始めた。

「あ……っ、だめ……っ。そんなにしたら……っ」

しっかり握られたまま、指が先を擦る。

親指の爪が溢れ出す先漏れの源をこじ開けるように差し込まれる。

きっとほんの先だけだろうけど、そんなところにものを入れられたりこじ開けられたりしたことがないから、大きく開かれたような気になってしまう。

「群真……」

巴さんの声が、微かに響いた。

いつもの『群真くん』という優しい響きじゃない。

もっと、切羽詰まったような、切ない声が。

でも反則だ。

こんな状態の時に呼び捨てにするなんて。その一言だけで、また身震いしてしまう。

「これから先、絶対に私以外を受け入れたら許さない」

彼の腰が動く。

突き上げるように何度も。

「あ……っ」

今までのは、単に身体を動かしていたから中も動いてるだけだった。

でも今度は、もっと激しい。

「絶対に、だ」

「あ……っ、や、奥……っ」

「もし、君の、意思を、無視して何かしようとする者がいたら、次は、我慢できないかも、知れない」

言葉の切れ目で強く突き上げられ、身体がガクガクと揺さぶられる。

深く入ったものは少し抜け、また次で深く入り込む。

何か言いたいけど、言葉が出ない。

口を開くと、出るのはもう喘《あえ》ぎ声だけだ。

「あ……、ん……っ。や……、い…っ。だめ……っ」

口を閉じる暇もないほど、声が溢れる。

自由になった手で彼の肩を摑み、その首に腕を回す。

激しい動きに腕が落ちると、巴さんは腕を拾い上げ、キスした。

「君を愛してるんだ……、本気で」

その言葉を喜びと感じる前に、また突き上げられて頭が真っ白に飛んだ。

「あぁ……っ！」

まだ彼は中にいるのに。

まだ突き上げられ続けてるのに。

俺は全てを放ってしまった。

堪えることすらできず、快感の海に溺れて……。


白い空間。

「黒砂」

絶頂に意識を飛ばした時、また黒砂に会うのだと思った。

そしたら、礼を言おうと思っていた。

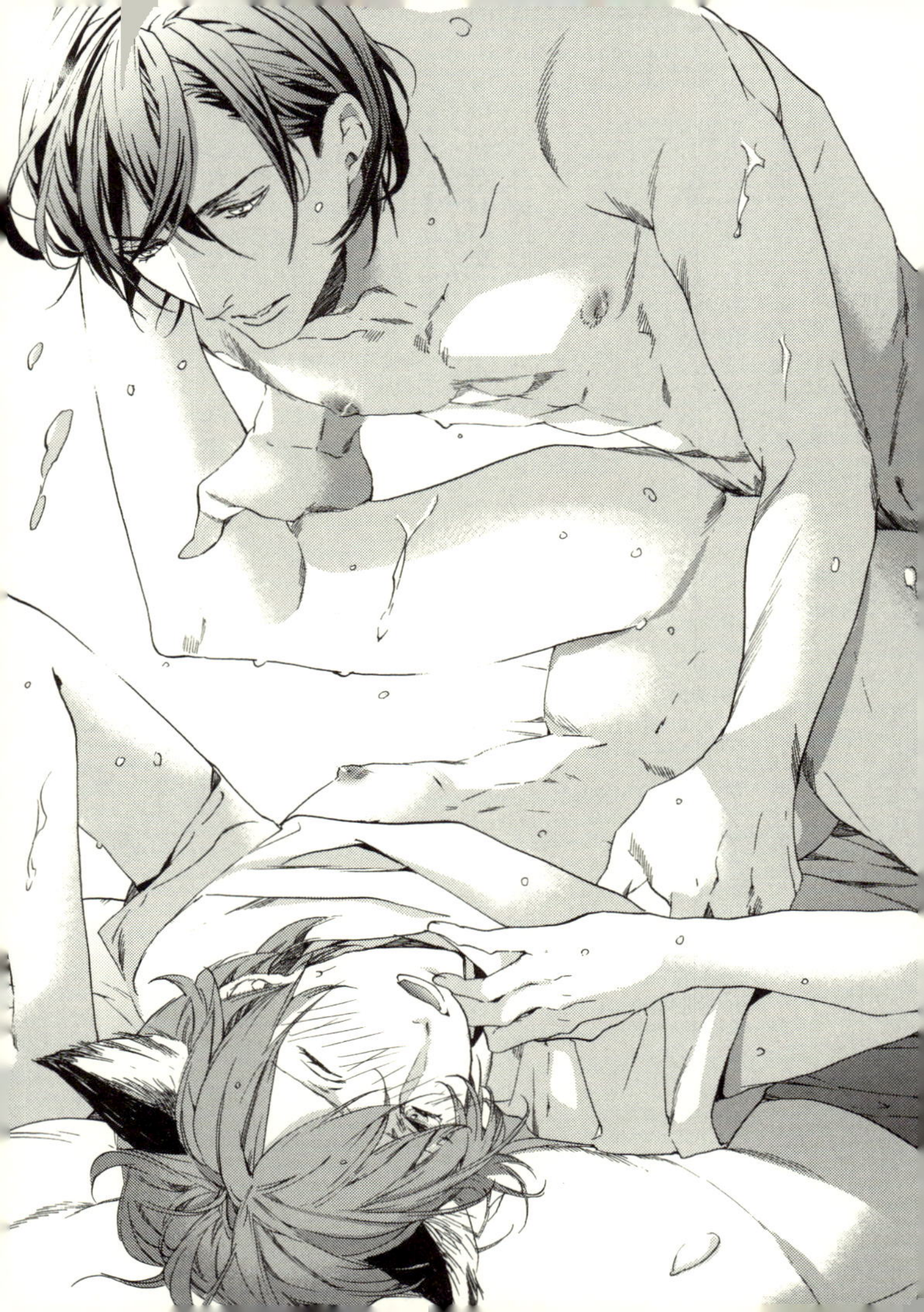

前に会った時、『不穏な』と言ってたのは、ひょっとして高坂のことだったのか、と訊いてみようかとも思った。

けれど……。

「黒砂！」

光が溢れる白い空間には、誰もいなかった。

何もなかった。

どこまでも続く目映《まばゆ》い白。

ここはもう空っぽだった。

黒砂は、転生したんだ。

それは嬉しくて、ちょっぴり切ない事実だった……。


「広江さんが指摘なさったコーヒーの中の薬剤は、スコポラミンでした。純度が低く、残してらしたので、大事に至らず幸いでした。写真と、あのカップと薬品の分析結果が揃えば、申し開きはできません。高坂は引っ越しました。隣の部屋はセキュリティを考えて、巴様と相談の結果、本條で買い上げることに決定いたしました」

誰もいない白い空間を見た翌朝、俺の猫耳と尻尾は消えていた。

当然といえば当然だし、これで心配事もなくなったのだけれど、黒砂のいない空間を見た時と同じように、少し寂しかった。

「高坂さん、よく売りましたね」

「高坂の持ち物ではありません。父親のものです。息子は愚かでしたが、父親は本條に逆らうことが何を意味するか知っている人物でしたので、話は簡単でした」

でも巴さんが本当に無茶をしたので、俺は翌朝も、その翌日も、ベッドから起き上がれなかった。

三日経った今も、まだベッドの上だ。

「あの……、参考までに、逆らうとどうなるんです？」

「銀行の融資は停止、取引先は契約解除、新規の取引先を見つけることもできないでしょう。更に、国税の調査を入れ、隅から隅まで引っ繰り返され、もし何かが見つかれば、営業停止の処分が入るかも知れません」

堤さんは当然のように言った。

彼には、この状態をどう説明するべきかと悩んだが、巴さんが上手く説明してくれたらしい。

事件のショックとクスリの後遺症を心配して、とか何とか……。

「ちなみに、空いた隣の部屋には、私が住むことになりました」

「堤さんが?」

「私には広過ぎるのですが、仕事の都合上にもそれがよろしいということでしたので」

高坂のことが済んだら、堤さんか……。

この人、巴さんのことが好きなのだろうな。

だとしたら、俺がいるのは邪魔なんじゃないだろうか?

いや、もしそうだとしても、この人は巴さんには必要な人なんだから、俺がどうこう言う問題じゃない。

それに、真面目に働いてたら、仲良くなれるかも知れないと。

「私は、あなたが本條の家の回し者だと思ってました」

「回し者?」

「少し言葉が悪かったですね。つまり、私が本條の筋の人間ではないのに、巴様の側にいることを快く思っていない者がいるのです。私が家絡みの私的な依頼は断ってしまうので、それをよく思っていない者も。ですから、何度か本條の息のかかった人間と取り替えろという話が持ち上がってるのは知ってました」

「そんな、仕事に家も筋も関係ないじゃないですか。巴さん……、いえ、巴様は堤さんを大変優秀な方だとおっしゃってましたよ」

「ありがとうございます」

堤さんはにっこりと笑った。

彼が笑った顔は、初めて見た。

失礼な話だけど、ビックリしてしまう。

「宮下さんからあなたのことを聞いて、調べてみました。あなたは本当に本條の家とは関係のないところでお育ちになってたんですね。私ともあろう者が、ちゃんとした身元の確認もせず、先入観だけで失礼な態度を」

堤さんは深々と頭を下げた。

「いや、そんな。頭を上げてください。俺なんか……、いえ、私など堤さんに頭を下げていただくような者では……」

慌てて起き上がり、彼の手を取る。

「今は『俺』でも結構ですよ。これはプライベートな来訪ですから。それに、巴様から直接伺いました。広江さんは、巴様の恋人である、と」

「え?」

「私は同性愛に偏見は持っていません」

……あの人は。

でもそれを笑顔で言うってことは、堤さんは巴さんが好きだったわけじゃなかったのか。

純粋に秘書として、本條の人間が巴さんに纏わり付くのが嫌だっただけなんだ。

「恋人、ということが公になると、色々と問題があるので、秘書になさったとか。そういうことでしたら、私も全力で協力させていただきます。ただし、秘書と名乗るからには、もちろん仕事はきちんとこなしていただきますが」

「それは当然です」

俺が力強く答えると、彼はまた微笑んだ。

優しい顔だ。

ずっと、無表情な冷たい顔しか見なかったけど、本当はもっと穏やかな人なのかも。

「あなたが、ご自分の危機にあっても、巴様が人を傷つけないようにとおっしゃった姿はご立派でした。これからも、一緒に巴様をお守りいたしましょう」

つまりこれは、俺を認めてくれた、ということなんだろうか。

たとえそれが俺個人に対するものでなくても、巴さんが認めた相手なら、ということでも、嬉しい。

「わかりました。こちらこそ、よろしくお願いいたします。前にも言いましたが、俺は秘書の勉強は全然してこなかったので、足りないところはいっぱいあると思います。でも、仕事は仕事として頑張りたいと思ってます。ですから、厳しく教えてください」

握っていた手が、堤さんから握り返される。

「もちろんです」

堤さんは手を離し、腕の時計を見た。

「そろそろお帰りになる頃ですね。私はこれで失礼します」

「もう行かれるんですか？　よろしかったら一緒に夕食でも」

「いいえ。引っ越しの準備がありますから。それに、人の恋路を邪魔するほど野暮じゃありませんから」

いや、真顔で恋路とか言われると……。

「宮下さんに、何日も休んで申し訳ありませんとお伝えください」

「クスリのことは他言無用ですので、他の仕事を申し付けたことになってます。どうぞご安心を。それでは、失礼します」

彼が立ち上がった時、ノックもなくドアが開いて、朝から出掛けていた巴さんが入ってきた。

「堤、付いててくれたのか」

「もう帰るところです」

巴さんを前にすると、堤さんの背筋がピッと伸びる。

この人、仕事人間なんだ。

「明日は休み、ということで手配済みです」

「すまないな。ああ、引っ越しの日時が決まったら言ってくれ。有休にするから」

「はい。それでは」

堤さんは一礼すると、もう一度俺を見て微笑み、出て行った。

「仲良くなったのかい？」

さっきまで堤さんが座っていた場所に、巴さんが腰を下ろす。

「お互いの誤解が解けたって感じです」

「誤解？」

「堤さんは、俺が本條の回し者だと思ってたみたいで、俺は堤さんが巴さんのことが好きなんじゃないかって思ってたんです」

「堤が？　私を？」

巴さんは苦笑した。

「もしそんなことになったら、彼はすぐに配置替えだな」

「そんな、俺、そんなことぐらいで嫉妬したりしませんよ。人を好きになるのは自由じゃないですか」

「優しい言葉だが、そういう理由じゃないよ。仕事に私情を挟まれたら困るからだ」

…そういうことか。

俺はやっぱりまだ『仕事』に対する認識が甘いな。

「さて、今日私が朝から出掛けてた理由を知りたくないかい？」

「仕事じゃないんですか？」

「違うよ」

言いながら、巴さんは持ってきた大きなバスケットをベッドの上に置いた。

大きな、フタ付きのバスケットなんて、珍しいものを持ってると思ってたのだ。

「開けてごらん」

「はあ……」

彼に限ってイタズラを仕掛けるようなことはないだろうけど、怖々とフタを開ける。

中には柔らかそうな白いブランケットが敷き詰められ、その上には黒い塊が蹲っていた。

毛玉？　毛皮？

そう思った時、ハッと気づいた。

「これ……！」

「うん。あの日に生まれたらしい。話を聞いてから、里の方に連絡して、子猫が生まれたらすぐに知らせるように言ってあったんだ」

俺はバスケットに手を入れて、温かくてふわふわの塊をそっと抱き上げた。

温かい。

生きてる。

「生まれて三日目なんて、目が開かなくてもっとぐにゃぐにゃしてるものだが、この子は随分しっかりしてて、目も開いてる。だから間違いなく……」

「黒砂、ですね」

俺は満面の笑みを浮かべ、その小さな身体に頬擦りした。

ああ、黒砂。

やっと現実にお前を抱けるんだね。

これからずっと、ずっと、俺が世話してあげる。何にもしないで、家の中でごろごろしてるだけの人生、いや、猫生をあげる。

俺のことなんか覚えてなくていい。

猿のことだって、覚えてなくていい。

美味しいものを食べて、窓辺で日向ぼっこしてるだけでいいんだ。

「着替えたら迎えにくるから、下で一緒に食事をしよう。それまで、黒砂との再会を楽しむといい」

立ち上がった彼は、屈み込むようにして俺にキスした。

「おかえりのキスがなかったから、自主回収だ」

「入ってきた時は堤さんがいたでしょう」

気を抜いちゃダメだ。

この人は結構アブナイって身をもって知ったじゃないか。

彼が出て行くと、俺はもう一度黒砂を見た。

掛け軸の絵とも、白い空間で会った時とも違う、小さな子猫。

ああ。これからは何もない平凡で平穏な日々を、二人と一匹で過ごすんだなあ、と思ったのだが……。

『奥方様、これからよろしくお願いいたします』

子猫がにゃあと鳴くように口を開いた途端、頭の中に声が響いた。

「黒砂？」

思わず目の前の子猫を凝視する。

どこからどう見ても、普通の黒い子猫だけど、声は確かに聞こえた。

『幸いにも力は失わずにいられたようです。これからも、主様や奥方様の危機にはお力を合わせてのぞみましょう』

また黒砂と会話ができる、という喜びが湧き上がる。

だが同時に、一つの不安も湧き上がった。

もしかしたら、俺が再び猫耳になる日が来るのかも知れないという不安が……。

あとがき

皆様初めまして、もしくはお久しぶりでございます。火崎勇です。

このたびは『猫と主と花嫁修業』をお手に取っていただき、ありがとうございます。

イラストの北沢きょう様、素敵なイラストありがとうございます。そして担当のT様、色々ありがとうございます。

ご存じの方もいらっしゃるでしょうが、この本は同社発行の、『恋と主と猫と俺』の続編となります。未読の方はそちらもよろしく。

前作では、平凡な大学生の群真が、突然母親の実家の儀式で当主巴の『妻』になり、猫に乗り移られたり、猫耳が生えたり、巴とデキちゃったり、猿と戦ったり……、というものでした。

一応の決着を見て、『そして幸せに暮らしました』となったわけですが、今回はその後の彼等の生活です。

作中に書きましたが、実は巴は情熱家です。独占欲も強いし、性欲もあります。ただ、子供の頃から『当主たれ』と育てられたので、そういう感情を全て封じて育っただけなのです。大きく心が揺さぶられることがなければ、そのままでしたでしょうが、群真と恋をして、だんだん本性が出てきました。

これからは、結構アブナイ男になる予感が。(笑)

そして黒砂は、めでたく転生し、肉体を得ました。なので、きっと群真に可愛がられて楽しくすごすでしょう。あんまり可愛がり過ぎると、巴が妬くかもしれないけど。

社会人となった二人には、また色んなトラブルがあるかもしれません。会社乗っ取りとか、誘拐とか、恋の鞘当てとか。

その度に、黒砂が力を貸してくれるに違いありませんが、その度に群真にはまた猫耳が生えるのかと。実は、巴は猫耳群真萌えではないかと……。

いっそ、巴にも黒砂が乗り移って猫耳が生える、なんてのも楽しいかも。猫で獣なだけにケダモノになったりして。

それでは、時間となりました。皆様、またどこかでお会いしましょう。

火崎勇先生、北沢きょう先生へのお便り、
本作品に関するご意見、ご感想などは
〒101-8405
東京都千代田区三崎町2-18-11
二見書房　シャレード文庫
「恋と主と花嫁修業」係まで。

本作品は書き下ろしです

CHARADE BUNKO

恋《こい》と主《あるじ》と花嫁修業《はなよめしゅぎょう》

【著者】火崎勇《ひざきゆう》

【発行所】株式会社二見書房
東京都千代田区三崎町2-18-11
電話　03(3515)2311［営業］
　　　03(3515)2314［編集］
振替　00170-4-2639
【印刷】株式会社堀内印刷所
【製本】ナショナル製本協同組合

ISBN978-4-576-16081-8

http://charade.futami.co.jp/